贾平凹小说精读书系

五魁

贾平凹 著

陕西师范大学出版总社　西安

图书代号　　WX24N0885

图书在版编目（CIP）数据

　　五魁 / 贾平凹著. -- 西安：陕西师范大学出版总社
有限公司，2024.7. --（贾平凹小说精读书系）.
ISBN 978-7-5695-4499-2

　　Ⅰ. I247.5

　　中国国家版本馆CIP数据核字第 2024YY7965 号

五　魁

WU KUI

贾平凹　著

出版统筹	刘东风
责任编辑	宋媛媛
责任校对	彭　燕
封面设计	周伟伟
出版发行	陕西师范大学出版总社
	（西安市长安南路199号　邮编710062）
网　　址	http://www.snupg.com
印　　刷	陕西龙山海天艺术印务有限公司
开　　本	787 mm×1092 mm　1/32
印　　张	4.375
插　　页	4
字　　数	63千
版　　次	2024年7月第1版
印　　次	2024年7月第1次印刷
书　　号	ISBN 978-7-5695-4499-2
定　　价	46.00元

读者购书、书店添货或发现印刷装订问题，请与本公司营销部联系、调换。
电话：（029）85307864　85303629　传真：（029）85303879

目
录

五魁 / *001*

任何事情做久了，神就上了身 / *097*

贾平凹小传 / *131*

五

魁

迎亲的队伍一上路，狗子就咬起来，这畜类有人的激动，撵了唢呐声从苟子坪到鸡公寨四十里长行中再不散去。有着力气，又健于奔跑的后生，以狗碍了腿脚为理由，总是放慢速度，直嚷道背负着的箱子、被褥、火盆架、独坐凳以及枕匣、灯檠、镜子、装了麦子的两个小瓷碗，使他们累坏了。"该歇歇吧！"就歇下来。做陪娘的麻脸王嫂说不得，多给五魁丢眼色，五魁便提醒世道混乱，山路上会有土匪哩，后生们偏放诞了勇敢，说土匪怕什么，不怕，拔了近旁秋季看护庄稼的茅棚上的木杆去吆喝打狗。狗子遂不再是一个两个，每一个沟岔里都有来加盟者，于亢昂的唢呐声中生发了疯狂，跃起细长黄瘦剪去了尾巴的身子在空中作弓状，或夯起腿来当众撒尿，甚或有一对尾与尾勾结了长长久久地受活在一处了。于是后生们就喊："嗨，骚狗子！嗨，骚狗子！"喊狗子，眼睛却看着五魁背上的人。五魁脸也红了，脚步停驻，却没有放下背上的人。

背上的人是不能在路上沾土的，五魁懂得规矩，愤愤地说："掌柜是不会放过你们的！"

"我们当然不像五魁，"后生们说，"我们背的是死物，越背越沉。五魁有能耐你一个人快活走吧！"

五魁脸已是火炭，说"造孽哩，造孽哩"，但没办法，终是在前边的一块石头前将背褡靠着了。背褡一靠着，女人的身子明显地闪了一下，两只葱管似的手抓在他的肩上，五魁一身不自在，连脖子都一时僵硬了。

五魁明白，这些后生绝不是偷懒的痞子，往日的接亲，都是一路小跑着赶回去，恋那早备了的好烟吃、烈酒喝，今日如此全是为了他背着的这个女人。

当一串鞭炮响过，苟子坪的老姚捏着烟迎他们在厅屋里吃酒，瞥见了里屋土炕上正坐了一位哭啼抹泪的女人，他们就全然没有嘻嘻哈哈的放浪了，因为那女人生就得十分美艳，为他们见所未见。一个贫穷的茅草屋里生养出个观音人来，实在是一个奇迹，立时感到他们来此接亲并不是为柳家的富豪所逼使出的苦力，而是一种赐予与恩赏了。世上的闺女在离开了父母的土炕将要去另一个做妇人的土炕时，都是要哭啼落泪，而这女人哭起来也是样子可爱。她的母亲和她的陪娘在劝说着，拉下她的手，将粉重新敷在她的脸上，梳子蘸了香油再一次梳光了头发，五魁就看见了她歪在炕沿上，一条腿屈压在臀下，一条腿款款地斜横在炕沿板上，绣花的小鞋欲脱未脱地露出了脚跟的姿态。那一刻里，他觉得这女人是应该嫁到富豪的柳家去享福的，而且应该用八抬花轿来抬，但可惜山高沟大，没有抬花轿的路可走，只得他五魁驮背了。

五魁在十六岁的时候，已经体格均匀，有大力气，被选作了驮背新娘的角色，以致从此成了专门职业。十年来，他几乎背驮了数十个新娘，他知道了鸡公寨的各家媳妇重与轻、胖与瘦，甚至俊丑及香臭，但他从来还未背过这么美妙的女人。他不明白在他走向炕边，背过身去，让那女人爬上背来，他竟是唰地出了一身微汗，以至于在女人已经双膝跪在了背褡上的毡垫还不知道，待到一声叫喝，姚家的人将朱砂红水抹在了他的脸上，他才清醒他是该出门走了。这一路都在后悔，他不能看见背上的人，背上的人却这么近地能看着他，该怎么在窃笑他那时的一副蠢相呢？

正是这女人被他背驮着了，挨在后边的抬着嫁妆的后生们，他们是可以一直不歇气地走到天边去，走到死去，也不觉劳累的。但是四十里山路轻易地到达实在不是他们的需要，后生们话才这么多，才这么兴奋，才这么故意寻借口拖延。在接亲的路上，做了新娘的虽是柳家的人了，但还不是真正的柳家人，他们的戏谑都不为过。若一经进了柳家，这女人就不是能轻易见得到的了。后生们如此，他五魁还能这么近地接触她吗？所以五魁也就把背褡靠在石头上歇起来。

八月的太阳十分明亮，山路上刮起悠悠的风，风前的鸟皱着乱毛地叫，五魁觉得一切很美，平生第一次喜欢起眼前起伏连绵的山和山顶上如绳纠缠的小路。如果有宽敞的官道，花轿抬了，或者彩马骑了，五魁最多也是抬嫁妆的一个。五魁几乎要唱一唱，但一张嘴，咧着白生生的牙笑了。麻脸陪娘走近很焦急地看着他，又折身后去打开了陪箱的黄铜锁子，取出了里边的核桃和枣子分给后生们吃。这些吃物原本准备给接嫁人路上吃的，但通常是由接嫁人自己动手，现在则由陪娘来招待，大家就知道麻脸人的意思了。

"天是不早了呢！"陪娘说。

"误不了夜里入洞房的，"后生们耍花嘴，"瞧这天气多好！"

"好天气……"

"哪还怕了土匪？"

"哪里怕了土匪！"陪娘不愿说不吉祥的话，"你们可以歇着，五魁才要累死了！"

"五魁才累不死的！"

五魁想，真的累不死。他就觉得好笑了，这些后生是在嫉妒着他哩。当五魁一次一次做驮夫的差事，他们是使尽了嘲弄的，现在却羡慕不已了。他不知道背上的女人这阵在想着什么，一路上未听到说一句话，五魁没有真正实际地待过女人，揣测不出昨日的中午，在娘家的院子里被人用丝线绞着额上的汗毛开脸，这女人是何等的心情，在这一步近于一步地去做妇人的路上又在想了什么呢？隔着薄薄的衣服，五魁能感觉到女人的心在跳着，知道这女人是有心计的人儿。多少女人在一路上要么偶尔地笑笑，要么一路地啼哭，她却全然没有，她一定也像陪娘一样着急吧，或者她是很会懂得自己的美丽，明白这些后生的心意，只是不言破罢了。

不言破才是会做女人的女人。

好吧，五魁想，那不妨就急急她。她急着，陪娘急着，在鸡公寨外的山口上等待着新人的柳家少爷更让他急着去吧。

老实坦诚的五魁这一时也有了一种戏谑的得意，若这么慢慢腾腾地走下去，一个晌午女人是不能吃喝和解手，使她因水火无情的缘故而憋得难受，于他和他的同类将是又怎么开心的事呢？一个将要在柳家的土炕上生活的妇人，五魁对于她的美的爱怜而生就出了自己的童身孤体的悲哀，就有了说不清的一种报复的念头了。

有了这一念头的五魁，立即又被自己的另一种思想消灭了：谁让自己是一个穷光蛋呢，不要说自己不能有这样的美人，连一个稍有人样的女人也不曾有，即使能得到这女人，有好吃的供她吗，有好穿的供她吗？什么马配什么鞍，什么树招什么鸟，这都是命运安定的。五魁，驮背一回这女人，已经是福分了，是满足了！于是，五魁对于后生们没休没止的磨蹭有些不满了。

"歇过了，快赶路吧！"他说。

后生们却在和陪娘要嘴儿，他们虽然爱恋着那个可人的新娘，但新娘的丽质使他们只能喜悦和兴奋，而这种丽质又使他们逼退了那一份轻狂和妄胆，只是拿半老徐娘的陪娘作乐。他们说陪娘的漂亮，拔了坡上的野花让她插在鬓角。五魁扭头瞧着快活了的麻脸陪娘也乐了。

是的，陪娘在以往的冷遇里受到了后生们的夸耀忘记了自己的本色，如此标致的新人偏要这个麻脸做她的陪娘，分明是新人以丑衬美的心计所在了。或许，这并不是新人的用意，而她实在是美不可言，才使陪娘的脸如此地不光洁吗？五魁觉得自己太幸福了，他离开了石头，兀自背着新人立在那里，看太阳的光下他与背上的人影子叠合，盼望着她能说一句：这样你会累的。新人没说。但他知道她心里会说的，他的之所以自讨苦吃，是要新人在以后的长长的日月里更能记忆着一个背驮过她的人。

天确实是不早了，但后生们仍在拖延着时间，似乎要待到如铜盆的太阳哐嚓一声坠下山去才肯接嫁到家。戏弄了陪娘之后，又用木棒将勾连的狗子从中间抬过来，竟抬到五魁的面前，取笑着抹了朱砂红脸的五魁，来偷窥五魁背上的人面桃花了。

五魁无奈扭身，背了新人碎步疾走。

这一幕背上的女人其实也看到了，一脸羞怯，假装眼盯在前面的五魁头顶的发旋上了。

五魁感觉到发旋部痒痒的。在一背起女人上路，他的发旋部就不正常，先是害怕虽然洗净了头，可会有虱子从衣领里爬上去吗？即便不会有虱子，而那个发旋并不是单旋，是双旋，男的双旋拆房卖砖，女人会怎样看待自己呢？到后来，发旋部有悠悠的风，不知是自己紧张的灵魂如烟一样从那里出了窍去，还是女人鼻息的微微热气，或者，是女人在轻轻为他吹拂了，她是会看见自己头上湿漉漉的汗水，不能贸然地动手来揩，便来为他送股凉风的吧！

这般想着的五魁，幻觉起自己真成了一匹良马，只被主人用手抚了一下鬃毛，便抖开四蹄翻碟般地奔驰。后边的后生果然再不磨蹭，背了嫁妆快步追上，唢呐吹奏得更是热烈。五魁还是走得飞快，脚步弹软若簧，在一起一跃中感受了女人也在背上起跃，两颗隐在衣服内的胖奶子正抵着他的后背，腾腾地将热量传递过来了。草丛里的蚂蚱纷纷从路边飞溅开去，却有一只蜜蜂紧追着他们。

"蜂，蜂！"女人突然地低声叫了。

蜜蜂正落在了五魁的发旋上。

听见女人的说话，五魁也放了大胆，并不腾出手来撵赶飞虫，喘着气说："它是为你的香气来的。"但蜜蜂狠狠蜇了他，发旋部火辣辣的，立时暴起一个包来。

"五魁，蜇了包了！你疼吗？"

"不疼！"五魁说。

女人终于用手指在口里蘸了唾沫涂在五魁的旋包上。

五魁永远要感激着那只蜜蜂了。蜜蜂是为女人的香气而来的，女人却把最好的香液涂抹在了自己的头上！对于一个下人，一个接嫁的驮夫，她竟会有这般疼爱之心，这就是对五魁的奖赏，也使五魁消失了活人的自卑，同时产生了一种可怕的邪念，倒希望在这路上突然地出现一群青面獠牙的土匪，他就再不必把这女人背到柳家去。就是背回柳家，也是为了逃避土匪而让他拐弯几条沟几面坡，走千山万水，直待他驮她驮够了，累得快要死去了。

是心之所想的结果，还是命中而定的缘分，苟子坪距鸡公寨仅剩下十五里的山道上，果然从乱草中跳出七八条白衣白裤的莽汉横在前面，麻脸陪娘尖锥锥叫起来：

"白风寨！"

白风寨远鸡公寨六十里，原是一个下河人云集的大镇落。二十年前，从深山里迁来了一对夫妇，妇人年纪已迈，丈夫很精神，所带的四个孩子到了镇落，默默地开垦着山林中的几块洼田生活着。这丈夫的脾气十分暴躁，经常严厉地殴打他的孩子，竟有一次三个孩子炒吃了做种子的黄豆，即用了吆牛的皮鞭抽打，皮鞭也一截一截抽断了。做母亲的闻讯赶来，突然破口大骂道："你就这么狠心吗？他们是我的儿子，你也是我的儿子，你在他们面前逞什么威风？！"那丈夫听了妇人的话，立即呆了，遂即大声狂叫起来，一头撞死在栗子树上。消息传开，人们得知了这一对夫妇原是母子，他们就愤怒起来。这妇人为自己的失言而后悔，也为着自己的失去妇德和母德，虽然她当年在深山这样做是出于为了能与野兽和阴雨荆棘搏斗而生存下来的需要，但她还是被双腿缚上了一扇石磨，而脖子套上了绳索挂在栗子树干上。妇人的四个孩子也被抓来了三个，并在妇人没有咽气时被人们用榔头砸死。妇人就在同一瞬间死去了，于一个夜晚，身子同石磨的重量拉断了纤细的脖颈，掉入了树下的那个深渊，而头依然在绳索里吊着如摇摆的钟锤……

那个走脱的四个孩子中最小的一个终没有下落，二十年后的一天，白风寨便有了一个年轻的枭雄唐景，他打败了官家，以此安营扎寨，演出了许多英武的故事。外边的世界里都在传说着这个枭雄正是往昔的妇人的最小儿子，他在别的村庄别的山寨里是提起来令人毛骨悚然的人物，但在白风寨却大受拥戴，他并不骚扰这个寨以及寨之四周十数里地的所辖区的任何人家，而任何官家任何别的匪家却不能动了这地区的一棵草或一块石头。虽然也娶下了一位美貌的夫人，但他的服饰从来都是白的，也强令着他的部下以至那个夫人也四季着白色的衣裤。为了满足寨主的欢喜，居住在这个寨中的山民都崇尚起白色。于是，遭受了骚扰的别的地方的人一见着一身着白的人就如撞见瘟神，最后连崇尚白色的白风寨的山民也被视为十恶不赦的匪类了。

　　麻脸的陪娘看得一点没错，拦道的正是白风寨的人，他们不是寨中的山民，实实在在是唐景的部下。原本在山的另一条路口要截袭县城官家运往州城的税粮，但消息不确，苦等了一日未见踪影，气急败坏地撤下来议论着白风寨近期的运气不佳全是殁了压寨夫人所致，痛惜着美貌的夫人什么都长得好，就是鼻梁上有一颗痣坏了她的声名。为什么平日荡秋千她能荡得与梁齐平而未失手，偏在七月十六日寨主的生日，那么多人聚集在大场上赛秋千，她竟要争那个第一呢？为什么在荡到与梁欲平的时候，众人一哇声叫好，她的宽大的丝绸裤子就断了系带脱溜下来，使在场的人都看见了不该看到的部位呢？寨主从不忌讳自己的杀人抢劫，当他把大批的粮食衣物分给寨中山民时告诉说这是我们应该有的，甚至会从褡裢中掏出一颗血淋淋的人头讲明这是官府×××和豪富×××。但他却是不能允许在他的辖地有什么违了人伦的事体。他扬起枪来一个脆响击中了秋千上的夫人，血在蓝天上洒开，几乎把白云都要染红，美貌的夫人就从秋千上掉下来。他第一个走近去，将她的裤子为她穿好，系紧了裤带，又脱下自己的外衣再一次覆盖了夫人的下体后，因惯性还在摆动的秋千踏板磕中了他的后脑勺。

现在，他们停下来，挡住了去路，或许是心情不好而听到欢乐的唢呐而觉愤怒，或许是看见了接亲的队伍抬背了花花绿绿的丰富的嫁妆而生出贪婪，他们决定要逞威风了。此一时的山峁，因地壳的变动岩石裸露把层次竖起，形成一块一块零乱的黑点，云雾弥漫在山之沟壑，只将细路经过的这个瘦硬峁梁衬得像射过的一道光线。接亲的队列自是乱了，但仍强装叫喊："大天白日抢劫吗？这可是鸡公寨柳掌柜家的！"

拦道者听了，脸上露出笑容来，几乎是很潇洒地坐下，脱下鞋倒其中的垫脚沙石了，有一个便以手做小动作向接亲人招呼，食指一勾一勾的，说："过来，过来呀，让我听听柳家的派头有多大的？"

接亲的人没有过去，却还在说："鸡公寨的八条沟都是柳家的，掌柜的小舅子在州城有官座的，今日柳家少爷成亲，大爷们是不是也去坐坐席面啊！"

那人说："柳家是大掌柜那就好了，我们没工夫去坐席，可想这一点嫁妆柳家是不稀罕的吧？！"

后生们彻底是慌了，他们拿眼睛睃视四周，峁梁之外，坡陡岩仄，下意识地摸摸脑袋，将背负的箱、柜、被褥、枕头都放下来，准备作鸟兽散了。麻脸的陪娘却是勇敢的女流，立即抓掉了头上的野花，一把土抹脏了脸，走过去跪下了："大爷，这枚戒指全是赤金，送给大爷，大爷抬开腿放我们过去吧！"

陪娘伸着右手的中指，中指上有闪光的金属。

那人就走过来欲卸下戒指，但一扭头，正是藏在五魁背后的新娘探出来瞧陪娘的戒指，四目对视，新娘自然是低眼缩伏在了五魁的背后，那人就笑了。

陪娘说："大爷，这可是一两重的真货，嫁妆并不值钱的，只求图个吉祥。"

那人说："可惜了，可惜了！"

陪娘说："只要大爷放过我们，这点小意思，权当让大爷们喝杯水酒了！"

那人却说："这么好的雌儿倒让柳家的消用，有钱就可以有好女人吗？你家少爷能，我们白凤寨也是能的。"遂扭转头去对散坐的同伙说："瞧见那雌儿了吗？好个人才，与其让做财东婆真不如做了咱们的压寨夫人哩！"

同伙在这一时里都兴奋得跳起来。

陪娘立即站起，"这使不得，这使不得！"双手挥舞，似要抵挡了。那人抽刀来扫，一道白光在陪娘的面前闪过，便见一件东西飞起来，陪娘定睛看时，东西已被贼人接住，是半截指头和指头上的戒指，才发现自己中指已失，齐楞楞一个白碴，就昏死地上了。

那人叫道："都听着，这新娘还是新娘，但已是我们的压寨夫人！柳家是大掌柜，他少不得被我们抄家杀头，这女人与其做少奶奶短命倒不如做压寨夫人长长久久！"

五魁不待那人说完，拧身就往东路跑，跑到一块大石后，拐脚钻入一块茅草地，不顾一切地往峁沟窜去，已经吓得木木呆呆的新娘此一刻里双脚双手只搂着五魁如缠树藤萝。慌不择路的五魁不住地要耸耸身子，将越背越下沉的女人在耸中向上挪送，每一耸就摔下一把汗豆子。再后就双手反搂在后，勒紧了女人的腰，说"我要滚了！"已是刺猬一般从一个斜坎滚下去，荆棘茅草就碾平了一道。滚到坎下，前面就是一条河了，河面上架一棵朽柳树的桥，深水旋着无数的涡儿，看去如一排排铆钉。五魁仰头往山上看，看不到峁梁，却想，若立即踏桥过河，山峁上必是能看得见的了，就用嘴努努左侧的一处鹰嘴窝岩，说："那里有一个洞的，藏在那里鬼也寻不着了！"要站起来，却发现自己还倒在草窝里，女人的双手还勒着自己脖子，女人的双脚也弯过来绞住了自己的腰，五魁就驮着女人拱身要站起来，但几次拱不起。女人终于说："让我下来！"一句话使惊魂失魄的五魁知道现在是安全地带了，便庆幸起自己的勇敢和机智，同时松弛了的脑袋里闪动了许多思绪，啊啊，一个菩萨般的女人现在与自己是很亲近的了！且不说她到了柳家做少奶奶是五魁不能正眼看的，即使她还在苟子坪做女儿，比五魁更魁伟的也更有钱的男人能挨着她一个指头吗？而如今她手脚纠缠地在自己身上合二为一，她是把一切的一切都依赖着他了！他看见了自己下巴下十指交叉着的白手有一处流着血，就后悔滚坡下来的时候没有保护得了被荆棘的划撕，那一只脚上，绣花的红鞋也快要掉了，如果真要被树枝挂走了，一个女人赤着一只脚，女人的难堪会使自己怎样地负疚呢？他腾出一只手来，将她的小鞋穿好，这一动作蛮有心劲，浑身的血管就汩汩跳，但表现得似乎毫无别的心思的样子。女人竟也如小孩一样并不配合，软软的，让他穿了许久。

女人说："五魁，你救了我，你好行哩！"

这样的一句话，使五魁无限地激动，一拱身站起来了。"土匪我见得多了，跑得过我的他娘还没生下哩！"

五魁想，躲在鹰嘴窝岩下只要熬过一时，土匪就会寻不到他们而离去，那么，背驮着女人过了那个桥面，再顺沟下行二十里，再绕上鸡公寨，天擦黑是可以将新娘背驮到柳家的。对于这一场抢劫，于五魁实在不是灾祸，原本想多背驮女人的想法竟成现实，五魁对土匪是不恨的，倒觉得土匪与自己有一种默契似的。

"王嫂她不知怎么啦？"背上的女人突然说。

"不知怎么啦？"五魁也说，为女人的善良叹息了。土匪用刀削掉了陪娘的指头，他是看见了，他可惜这个陪娘，却又怨恨为什么要送给土匪金戒指呢？如果土匪发现走失了新娘，会不会就又抢走了这个麻脸断指的黄皮婆呢？"这都是那些崽子的罪！"五魁骂起抬嫁妆的后生们了，呸，口大气粗，遇事稀松，要不是他五魁及早逃走，这女人今日晚上不就沦为土匪的床上用品吗！

"只要你好，"五魁说，"我会把你囫囵囵接到柳家的。"

土匪是可能抢走了所有的嫁妆，也可能杀死一些人的，这消息会传到柳家，柳家一定在为新娘担心了，或许他们痛哭号叫，或许组织人马去白凤寨要人，或许绝望了，但偏偏在这个时候，他五魁背驮着新娘安全无恙地出现了，柳家于惊喜之余如何感念他啊！是的，五魁的举动并不是建立在柳家的是否感念，只要求得新娘对自己的记忆，再退一步，即使新娘此后再不记忆这事，他五魁完成了他对于一个美丽女人的保护，五魁就是很英雄很得意的人了！

已经到了鹰嘴窝岩下，五魁还是没有放下女人。他说他不累。有什么累呢，百五十斤的劈柴捆，他会从四十里外高山上一气背回来的，一搂粗的碌碡也能搬得起来。"我行的！"他说得很豪迈，甚至背驮着女人往上跳了一下。但是，他突然垮跌在了地上，女人也摔在一丈开外了。五魁顿时羞愧满面，抬头就看女人，却看到的是三个提刀的土匪，明白了刚才的跌倒并不是他的无能，是土匪的一块石头砸在他的腿内弯的。

五魁扑过去把女人罩在了身下。

土匪嘿嘿地笑了："小子你好腿功！"

五魁说："你们不要抢她，她怎么能嫁给一个土匪呢？！你们捆了我去吧！"

土匪一脚把五魁踢倒了，却用手拍拍他的脸，"养活你个吃口货吗？"

五魁就势抓了匪手又扑过来，土匪再踢开去，五魁已血流满面，还是扑过来。土匪说："是个死缠头！"举刀就砍下去。女人叫道："不要杀他，我跟你们走是了！"落下来的刀一翻，刀背砸在五魁的长颈上，五魁就死一般地昏过去了。

死里逃生的接嫁人抬背着完整无损的嫁妆到了柳家，但接亲没能接回新娘，拥在柳家门前鸣放着三千头的鞭炮的众人，便立即放下挑竿，用脚把炮捻踩灭。柳掌柜怀里的水烟袋惊落在地，肥胖的稀落着头发的柳太太一声不响地从八仙桌上软溜下去，被人折腾了半日方才缓醒。那个少爷，戴着红花的新郎，倒是哈哈大笑而使众人目瞪口呆，笑声就很凄惨，很恐怖，慌得旁人拿不出什么言语去劝慰，正要附和着他的笑也笑上一笑，少爷却把一位垂手侍立的接亲人一个耳刮接一个耳刮扇起来。柳家门里门外，顿时一片静寂，等少爷已返回东厢房里，众人还瓮着大气儿不敢出。

柳少爷的发凶理所当然，这位富豪家的孩子，并没有营养过剩的虚胖或贪食零嘴而羸弱不堪，魁伟的身体是鸡公寨最健壮的男人，有钱有力却新妻遭人抢夺，他没有失声痛哭，自然是进屋去抄了长杆猎枪，压上了沙弹和铁条，便又搭了高凳去取屋柱上吊着的竹笼。竹笼里存放着平日炸猎狐子和狼的用品，全是以鸡皮将炸药、铁砂和瓷片包裹成的炸弹。这炸弹放在狐狼出没之地，不知引诱了多少野物丧命，现在他脑子里构想着立即领人抄近道去截击土匪，将炸弹布置在他们需要经过的山路上，然后凭一杆猎枪打响，使土匪在爆炸声中丢下属于自己的新娘。但是，就在少爷双手卸下了竹笼从凳子上要下来的时候，凳子的一条腿却断了，少爷一趔趄，竹笼掉落，随之身子也跌下来，震耳欲聋的爆炸就发生了。

众人闻声冲进屋去，柳少爷躺在血泊里，拉他，拉起一放手他又躺下去，才发现少爷没了两条腿，那腿一条在门后，一条搁在桌面上。

柳家的噩耗沉重地打击了鸡公寨。五魁的老父得知自己的小儿子没能回来，就蹴在太阳映照的山墙根足足抽完了一把烟叶末，叫着两个儿子，说："揭了我炕上那页席吧，把五魁卷回来。"两个兄长没有说一句话，带了席和碾杆往遭劫的地方走了。

十五里外的山峁梁上，嗡嗡着一团苍蝇，走近看了，有一截胖胖的断指，却没有五魁的尸体。两个兄长好生疑惑，顺着坡道上踩倒的茅草寻下去，五魁正坐在那里，迷迷瞪瞪茫然四顾。

"五魁，五魁，你没有死?！"兄长喜欢地说。

五魁突然呜呜地哭起来了。

"你没有死，五魁，真的没死！"兄长以为五魁惊吓呆了。

五魁说："新娘被抢走了，是从我手里抢走了的！"

兄长就拉五魁快回家去，说土匪要抢人，你五魁有什么办法?原本是十个五魁也该丢命了，你五魁却没死，回去喝些姜汤，蒙了被子睡一觉，一场噩梦也就过去了。但五魁偏说："我要去找新娘！"

话说得坚决，兄长越发以为他是惊吓呆了，拿耳光打他，要打掉他的迷瞪。五魁却疯了一般向兄长还击，红着双眼，挥舞拳头，兄长不能近身，遂抽手就跑，狼一样从窝岩跑上峁梁，大声说："新娘是我背的，我把新娘丢了，我要把她找回来！"兄长在坡下气得大骂："五魁，五魁，你这个呆头，那是你女人吗？！"

五魁并没有停下脚，他知道白凤寨的方向，没死没活地跑，兄长的话他是听见了，只是喘着气在嘟叨：不是我女人，当然不是我女人，可这是一般的女人吗？嫁给柳家她是有福享的，却怎么能去做了土匪的婆子呢？

况且况且，五魁心里想，女人和他一起滚下坡坎的时候，是那样地用身子绞着他，是那样地信任他，作为一个穷而丑的五魁，这还不够吗？即使自己不能被她信任，给她保护，却偏偏是她保护了自己，在土匪的刀口下争得自己一条活命，现在活得旺旺的五魁要是心没让狗吃，就不能不管这女人了!

五魁后悔不迭的是,那一阵里自己如果不逞英雄,不在女人面前得意,急急过了桥去又掀了桥板,土匪还能追上吗?而自作聪明地要到窝岩下,又那么自信地在岩下歇息,才导致了土匪追来,岂不是女人让自己交给了土匪吗?

跑过了无数的沟沟岽岽,体力渐渐不支了的五魁,为自己单枪匹马地去白风寨多少有点怀疑了。要夺回女人,毕竟艰难,况且十之八九自己的命也就搭上了。他顺着一条河流跑,落日在河面上渲染红团,末了,光芒稀少以至消失,是一块橘橙色的圆。圆是排列于整个河水中的,愈走看着圆块愈小,五魁惊奇他是看到了日落之迹,思想又淫浸于一个境界中去:命搭上也就搭上了,只要再能见上女人一面,让她明白自己的真意,看到如这日落之迹一样的心迹,他就可以舒舒坦坦死在她的面前了。

五魁赶到了白风寨,已是这一日夜里的子时。白风寨并不是依一座山包而筑，围有青石长条的寨墙和高高的古堡，朦胧的月色里依然是极普通的村镇了。一座形如鸡冠状的巨大的峰峦面南横出，五魁看不到那鸡冠齿峰的最高处，只感到天到此便是终止。山根顺坡下来，黑黝黝地散乱着巨石和如千手佛一般的枝条排列十分对称的柿树，那石与树之间，矮屋幢幢，全亮有灯火，而沿着绕山曲流的河畔，密集了一片乱中有序的房院，于房院最集中的巷道过去，跨过了一条石拱旱桥，那一个土场的东边有了三间高基砖砌的戏楼，正演动着一曲戏文，锣鼓杂嘈，人头攒涌。五魁疑心这不是自己要来的地方，却清清楚楚看到了透过戏楼上十二盏壮捻油灯辉映下的戏楼上额的三个白粉大字：白风寨。于往日的想象里，白风寨是个匪窝，人皆蓬首垢面，目透凶光，眼前却老少男女皆只是浸淫于狂欢之中，大呼小叫地冲着戏台上喊。戏台上正坐了一位戴着胡须却未画脸的人，半日半日念一句："清早起来烧炷香。"然后在身旁桌上燃一炷香插了，又枯坐半日，念："坐在门前观天象。"台下就嚷："下去下去！我们要看

《换花》！"五魁知道这是正戏还未开前的"戏引"，却纳闷白风寨好生奇怪，夜到这么深了，还没到开演时间。台上那人就狼狈下去，又上来一人说道："今日白风寨有喜开了台子，演过了《穆桂英招亲》，寨主也都走了，原本是收场了。大家不走，要看《换花》，总得换妆呀！好了，好了，不要吵了，马上开始！"果真戏幕拉合了，又拉开来，粉墨就登场了。五魁心不在戏上，只打听寨主的营盘扎在哪儿，被问者或不耐烦，或虎虎地盯着他看，五魁担怕被认出不是白风寨的人，急钻入人群，企望能在旁人闲谈中得知唐景的匪窝，也就有一下没一下假装看戏。戏是极风趣的，演的是一位贪图占小便宜的小媳妇如何在买一个货郎的棉花时偷拿了棉花，货郎说她偷花，她说没偷，后来搜身，从小媳妇的裤裆里抓出了棉花，那棉花竟被红的东西弄湿了，一握直滴红水儿。在一阵浪笑声中，五魁终于打问清了唐景的住处，钻出人窝就高高低低向山根高地上走去。

在满坡遍野的灯火中果然一处灯火最亮，走近一院宅房，高大的砖木门楼挂了偌大的灯笼，又于门楼旁的木桩上燃着熊熊的两盏灯盏，一定是盛了野猪油，灯芯粗大如绳，火光之上腾冲起两股黑烟，门口正有人出出进进。五魁想，大门是不好进去吧，却见有人影走过来，忙藏身一个地坎下，坎沿上有人就说话了："寨主得到的女人好俊哟！"一个说："我知道你走神了，死眼儿地看，可你却不看看你自己，你是寨主吗，你是卖烧饼的！"先头的便说："其实那女人像你哩！"问："你说哪儿像？"说："你近来，我给你说！"两人靠近了，一个很响的口吻声，一个就骂道："别让人瞧见了！"五魁知道这是一对少男少女，正是去看了抢来的女人，便想：白风寨真是土匪管的地方，唐景抢了女人，就有人唱大戏，还有人跑去相看，看了寨主的女人就贼胆包天，暗地里要来野合吗？却听那少女又说："你离远点，看着人，我要尿呀！"少男不远离，女的就训斥，后来蹲下去撒尿，尿水恰好浇在五魁的头上。五魁又气又恨，却不敢声张，遂又自慰：不是说被狗尿浇着吉利吗？待那少男少女走远了，不免又于黑暗里目送了他们，倒生出欣羡之心，唉唉，这嫩骨头小儿倒会受活，咱活的什么人呢？五魁这般思想，越发珍贵起了柳家的新娘待自己的好心诚意，也庆幸自己是应该来这一趟的。可是，门楼里外还是站了许多人，五魁就顺着宅院围墙往后走，企图有什么残缺处可以翻进去。围墙很高，亦完整，却有一间厕所在围墙右角，沿着塄坎修的，是两根砖柱，上边凌空架了木板，那便是蹲位了。五魁一阵惊喜，念叨着这间厕所实在是为他所修，就脱了外衫顶在头部，一跃身双手抓住了上边的木板，收肌提身爬了上去，木板空隙狭窄，卡住了臀但还是跳了上来。五魁丢了外衫，双手在土墙上蹭了污秽，见正是后院的一角，院中的灯光隐隐约约照过来。

　　贼一样地转过了后院的墙根拐角，五魁终于闪身到了中院的一个大厅中，于一棵树后看见了那里五间厅堂，中间三间有柱无墙，一张八仙土漆方桌围坐了一堆人吃酒，厅之两头各有界墙分隔成套间，西头的门窗黑着，东头的一扇揭窗用竹棍撑了，亮出里边炕上的一个人来。五魁差不多要叫起来了，炕上歪着的正是新娘！五魁鼓了劲便往厅门走，走得很猛，脚步咚咚地响，厅里就有人问："谁个？"五魁端直进门，问道："哪位是唐寨主？"众人就停了吃酒，一齐拿眼盯他，一个说："是给寨主贺喜吗？夜深了，寨主和夫人也要休息了，拿了什么礼物就交给前厅，那里有人收礼记单，赏吃一碗酒的！"五魁说："我不是来送礼的，我有话要给寨主说！"在座的偏有两个是亲自抢夺了女人的，五魁没有看清他们，他们却识得五魁，忽地扑过来各抓了他的胳膊按在地上了，回头说："寨主，这小子就是那个驮夫，竟寻到咱们白风寨来了！"中间坐着的那个白脸长身男人闻声站起，五魁知道这便是唐景了，四目对视了半晌，唐景挥手让放了他，冷冷说道："你一个人来的？"

五魁说："就我一个。"

"好驮夫！"唐景说，"我就是唐景，唐景要谢谢你，来，给客人倒一碗酒来！"

五魁不喝酒。

唐景就哈哈笑了："不喝你就白不喝了！你是个汉子倒是汉子，可一人之勇却有些那个吧，要夺了女人回去，你应该领了百儿八十人才行啊！"

　　五魁说："我不是来夺女人的，我只是来给寨主说个话。"

　　唐景说："白风寨上唐景没有秘密的，你说吧！"

　　五魁说："寨主要不让我说，就着人拔了我的舌头，要让我说，我只给寨主一个人说。"

　　唐景又笑了："真是条好汉子！好吧，你们都回去歇着吧。"

　　众人散了开去，一个人已经走到厅院了，又进来将身上的一把腰刀摘下给了唐景。唐景说："用不着的。"倒将厅门哐啷关闭了。

　　五魁还站在那里不动，心里却吃惊面前的就是唐景吗？外边的世间纷纷扬扬地传说着有三头六臂的土匪头子，竟是这么一个朗目白面的英俊少年吗，且这般随和和客气！僵硬了半日的五魁一时却不知所措，突然腿软了，跪在地上说："寨主，五魁是一个下贱驮夫，莽撞到白风寨来，得罪寨主了！"

唐景说："来的都是客嘛！权当你是我派的驮夫，有话喝了这碗酒你说吧。"

五魁便把酒接过喝了，一边喝一边拿眼看唐景的脸，看不出有什么奸诈和阴谋，心里倒犹豫该不该对他撒谎呢？这么一想，却立即否定了：唐景不像个凶煞，可土匪毕竟是土匪，柳家的新娘不是现在抢来要做压寨的夫人吗？我是来救女人的啊！就放下酒碗说："寨主，我只是个驮夫，原本用不着为柳家的这个新娘来的。这女人若是被别的人抢了去，我也不会这么来的，一个女人嫁给谁都一样，反正不是我的女人。可寨主是什么人物？我五魁虽不是白风寨的人，寨主的英名却听得多了！为了寨主，五魁才有一句话来说，寨主哪里寻不到一个好女人，怎么就会要这个女人呢？她虽然眉眼美一点，却是个白虎星。"

五魁的话十分啰唆，他始终在申明自己来的目的，唐景就一直看着他微笑，可说出最重要的一点了，却戛然而止，唐景就霍地站起来，问道："白虎星？"

五魁说："是白虎星。"

白虎星是指女人的下身没毛，而本地的风俗里，认定着白虎星的女人便是最大的邪恶，若嫁了丈夫，必克丈夫，不是家破业败，就是人病横死，即使这号女人貌美天仙，家财万贯，男人一经得知断是不肯讨要的。

五魁看着唐景脸面灰黑起来，却说："寨主如果是青龙这便好了！"

青龙者，为男人的胸毛茂密，一直下延到下身器官，再一溜上长到后背。若女为白虎，男为青龙，这便是天成佳偶，不但不能相克反倒相济相助，是世上最美满的婚嫁。

但唐景不是青龙，白脸唐景连胡子都不长，唐景直愣愣拿眼看着五魁，看得五魁几乎要防线崩溃了，突然说："她是白虎，你怎么知道？"

这是五魁在准备说谎的时候就考虑到了，他说，这女人是苟子坪姚家的女儿，而他五魁的表姐正好也在那个村的，鸡公寨柳家少爷定了这门亲，一次他去表姐家提说起此事，表姐悄悄告知他的。五魁这么说着，尽量平静着心，说了上句，就严密谨慎下句，不要出现差错。"表姐说，"五魁就又说了，"有一次表姐同这女人上山捡菌子，捡得热了，两人偷偷在林中的一个山泉里洗澡发现的。表姐发现了，心里就犯嘀咕，怪不得姚家族里的那个小伙上山砍柴就滚坡死了，以前却在说这女人与那个本门哥相好得怎样怎样，原来她是白虎星短他的寿啊！这事表姐当然不敢对人言说，只是柳家一向欺负他五魁家，他五魁无可奈何，知道了柳家定了这门亲，表姐才喜欢地说恶人有恶报，瞧他柳家的霉事吧！"

"这也真是，"五魁说，"鸡公寨年年要娶多少女人，而每一个新人都是我当的驮夫，可从来没有遭人抢过，偏偏柳家就出了事，这不是白虎星女人一结婚起就克柳家了吗？"

唐景说："我要是不信你这话呢？"

这话却使五魁全然没有预料，五魁不知道怎么回答了。他低下头去，心里慌乱了，唐景是怎么个不信呢？是他要验证吗？今日夜里，那女人就成了他的女人，是白虎星不是白虎星一目就知的。可是，五魁又想，风俗里讲，若是白虎星，男人即使不与行房事，但亲眼见了那东西，也就有了克的作用，唐景是不会做这种险事的。那么，先让手下人检查吧，可一个寨主何等人物，自己的女人能先让手下人检查吗？唐景能一枪打了秋千上断了裤带的夫人，他绝不肯将这女人的隐私暴露给部下的。五魁心里有些安妥，却仍是一头汗，说谎原本心中发虚，唐景若再诈问一次，他就一定会露出破绽了。或许，他这阵已看出我的谎言，一个变脸就要杀了我了！杀就杀吧，既然已经说了谎被他识破，五魁来时也就不想活着回去了！五魁的汗水有颗滴在了地上，他现在遗憾的是还没有见上女人一面。

"信不信由你。"他无可奈何地说。

唐景却返身进了西边套间，很快又出来，端了一盅酒，说道："你是这女人的接亲驮夫？"

五魁茫然，不作回答。

唐景说："一个驮夫，新娘被人抢了，主人家是不会怪了你的吧？驮的新娘被抢，新娘做谁的新娘你也用不着太计较的吧？为一个富豪人家的新娘而来白风寨要人，你不会这么大劲头吧？可你却来了！或许你是来救这女人的，或许你真为了我好，但怎么让我相信呢？这里有一盅酒，说白了，酒里有药，你要是来救女人，念你一个驮夫有这般勇气，我放你囫囵回去，绝不伤你一根头发，唐景说话算话。你要是真心为了我，你就喝了这酒，这酒能毒聋你双耳，耳聋了我却有大事交给你干，你肯喝吗？"

酒盅放在桌上，五魁的脸唰地变了，琢磨唐景的话，明白面前的这个白脸少年之所以能成枭雄果真有不同于一般的手段！承认是来救女人的就放走，承认说了真话却让喝毒，但不论怎样就是不说还要不要这女人，五魁是犯难了。想承认了来救女人，唐景真的会生放了他？就是生放，你五魁是来干什么，就这么空手回去吗？证明一切为了唐景，却要喝下聋耳毒酒，土匪就这样恩将仇报吗？

好吧，五魁是来救女人的，女人救不走，五魁也是不回去的，聋就聋了耳朵，先待在这里再寻机救那女人吧！五魁端了酒盅一仰头就喝了，立即倒在地上准备毒在腹内作凶。

但五魁没有难受，耳朵依然很聪。

唐景说："五魁是真心待我了！我现在告诉你，这酒里并没有毒，而抢这女人我事先也全不知道，压寨夫人才死了，我也没个心思这么快再娶一个。手下的兄弟一派好意，人既然到了白风寨，不应允也怕冷了兄弟们的心，可要立即圆房却是不肯，只准备养了她在这里，待亡人周年之后才能成亲。现在既然如此，我会让这女人回去的，唐景也不落个抢人家女人的名声，但却希望你能来白风寨吃粮，不知肯不肯？"

五魁一下子则浑身稀软，手脚发起抖来，他给唐景磕头，磕了一个又一个，说："五魁当不了粮子的，我只会种地。"

唐景说："那也可以来寨子里安家嘛！"

五魁说："我还有一个老爹，他离不开热土，寨主还是让我回去吧。"

唐景说："你这个硬憨头！那好吧，你老爹过世了，你想来白风寨住，你就来找我吧！"

依唐景的意思，五魁可以在白风寨歇一夜，天明领女人回去，五魁却要求连夜走，直待五魁进东套间背驮起了又惊又喜的女人出门了，唐景又倒了酒，一盅给女人喝下，一盅自己喝了，说："毕竟咱们还有这份缘！"伸手忍不住在女人的脸上捏了一把。

五魁驮背了女人千辛万苦地回到柳家，柳家却怀疑了，怀疑的不是五魁，是女人。无论五魁如何地解说他是怎样混进了白风寨乘唐景醉酒之后偷背了女人逃出，柳掌柜只是赏了他三升黑豆，一筐萝卜，以及吃饱了一顿有酒的小米干饭外，并没有将女人安置到装修一新的洞房，也不让与少爷相见，而是歇在厢房，门窗就反锁了。夜里，柳太太于厢房放了一个蒲团，蒲团上铺了油布，油布上捏了一撮灯草灰，令女人脱得光光的分腿下蹲于蒲团之上。女人不明白这是要干什么，蹲上去纹丝不动。婆婆就拿一蓬鸡毛要求她捅鼻孔，遂一个巨声的喷嚏，女人的鼻涕、唾沫都喷溅了，那灯草灰仍未飞动。婆婆说："你穿好衣服吧。"穿好了，婆婆端过一个木盆，揭盖放出一个龟来，女人吓了一跳，旋即蹦到凳子上。婆婆说："没规矩！"女人又下来。婆婆再说："你踩到龟背上去！"惊惊恐恐踩上去，老是立不稳，好的是龟沉寂如一冷石，单是瞄准了猛踩上去，龟背一角响动，裂了一道小纹，也摔得女人在地上了。柳太太慢慢地笑了，说："五魁说的是实话，我儿的地里是不插别人的犁啊！"到了此时，女人方清楚做婆婆的在验证自己的童身，不觉满脸羞红，一腔恼怒了。死死活活逃出了土匪的手回到柳家，柳家原来要的并不是她和她的心，而是她的贞操！看来柳家在得知了她遭抢劫时就已失望了心，她的返回只是意料之外的收获。那么，土匪唐景真的糟蹋了她，在验证时因处女膜破裂打喷嚏而使下身冲飞了灯草灰，龟背未裂，婆婆又会怎样待她呢？两行悲酸热泪就流了下来。

"回来了就不要哭哭啼啼，"婆婆说，"从今往后不要对人提说你是到过白凤寨的，只道是五魁背了躲在一个山岩下的！记住了吗？记住！"

婆婆出去了，不一会儿有人送来姜汤催她服下，再有人进来拿了香火在她头顶、周身绕了三绕，再是有人抬了环盆，添了菊花汤水要她沐浴，就听见外边鞭炮大作，遂拥来七八人牵了红绸彩带的毛驴抱她上坐。坐上去她的面与驴头相左，正欲掉过身来，牵驴人说："要倒骑才能消灾灭罪！"拥着就走出厢房，和驴一起在院中转了三六一十八个圆圈，每一圈于东西南北的方向立栽的木桩上点燃一支香火，待到弄得她头晕目眩停下来的时候，她已是坐在洞房的炕上了。

炕上并不是新娘初入洞房时独坐的一张四六草席，而红毡绿被铺得软乎，被窝里正睡着她的夫君柳少爷。

五魁是蒙头睡了三天三夜，昏昏如死，第三日的黄昏起来，回想往事，惊恐已去，正得得意意做了一场传奇人物、英雄壮士，却得知柳家少爷已经断了双腿，今生今世残废得只能在炕上躺着了。

五魁捶胸顿足地后悔起来了，自己冒死抢回的女人，就是为着让她来陪伴一个不是人形的人吗？如果自己不去抢救，不在白风寨编造那一番一生唯有的一次弥天大谎，女人就是白风寨的压寨夫人了，嫁了土匪声名虽是不好，可土匪唐景却年轻英武，是个真真正正的男人啊！唉唉，到底是做了一场好事呢还是做了一次罪孽，五魁眼泪就淌下来。

这是为什么呢？一个菩萨般的女人，人见人爱，原本是有最好的郎君，是有最大的福享，命运却如此不乖，在真正要成为女人的第一天里就遭匪抢，到了婆家，丈夫又残，这是会使多少男人愤愤不平的事啊！五魁为自己痛恨，更为着女人而惋惜，也想到那个白风寨的唐景得知了这个消息后又不知怎样的一声浩叹呢？

当女人进入洞房，看见了等待自己的就是没了双腿的一块肉疙瘩，做女儿时多年来的蓬蓬勃勃情焰被一瓢冷水浇灭，一派鸳鸳鸯鸯的憧憬一时化为乌有，女人会想到些什么呢？能不能怀疑起自己一个贫贱的与柳家无亲无故的驮夫怎么能冒死去匪窝救她出来的动机呢？女人一定要认定柳家少爷的残废在前，娶她在后，被土匪抢去，他五魁必是拿了柳家重金赎她而回又得了柳家一笔可观的酬金的。啊啊，在五魁的一切英雄行为原却是一场阴谋的大骗局了，五魁在女人的眼里是个恶魔，是个小人，是个一生一世永远要诅咒的人了！

五魁想很快能到柳家去，他要把一切实情告知女人。

但五魁没有理由去柳家，除了红白喜丧事，一个穷鬼是不能随便就踏进柳家院门的。五魁便见天清早拾粪，三次经过柳家门前的大场，或是远远地站在大场前的河对面堤畔，看着柳家门前的动静。终一日，太阳还没有出来，村口、河岸一层薄雾闪动着蓝光，五魁瞧见女人提着篮子到河边洗衣服了。女人还是那么俊俏，脸却苍白了许多，挽了袖子将白藕般的胳膊伸进水里来回搓摆，那本来是盘着的发髻就松散了，蓬得像黑色的莲花，后来一撮掉下来，遂全然扑散脸前，发梢也浸在河面了。女人几次把乱发撩向脑后，常常手搭在脑后了，却静止着看起水面发呆。五魁想，那脑袋稍稍再抬高一些，就能看见蹲在河之对岸看着她的他了，但女人始终是那么个姿势。五魁看看四周，远处的沟岔上有牛的哞哞声，河下游的水磨坊里水轮在转着，一只风筝悠悠在田畔的上空荡，放风筝的是三个年幼的村童，五魁就生了胆儿，提了粪筐轻脚挪近河边，出山的日头正照了他的身影印过河面，人脸印在女人的手下了。

女人发了一阵呆，低头看见水里有了一个熟悉的人脸，以为还浸在长长的回忆之中而产生了幻影，脸分明红了一下，忙用手打乱了水面，加紧了搓洗衣服。可是，就在她又发呆之时，那人脸又映在水里，她这下是吃惊了，猛地抬起头来。五魁瞧见的是一脸的瀑布似的乌发，女人湿淋淋的手拨开乌发，嘴半张了，却没有叫出声来。

"柳少奶奶，"五魁说话了，"大清早洗呀？"

女人说："啊。"

五魁却再没了词。

女人说："是五魁呀，多时不见你了，你不住在寨子里吗，怎不见你来坐坐？"

五魁说："我就在寨里的三道巷住的，我怕柳家的那狗。"

女人笑了一下，但再不如接嫁路上的美妙了。五魁看见她眼睛红红的，似乎是肿着，他明白她哭的原因，心便沉下来了。

"五魁，你过得还好？"女人倒问他。

"我，我……"五魁想起自己的罪过，"柳少奶奶，事情我都知道了……这事我真不知道是那样的……你还好吗？"

女人的眼睫一低，两颗泪水就掉了下去，同时也轻轻笑了一下，说："还好，他伤口已经不痛了。"

五魁这才注意到女人洗的并不是衣服，而是一堆沾满了血滴和药汤斑迹的布带子。有一条在说话间从石头上溜下去，要顺水冲去了，女人伸手去抓，没有抓住。

五魁就要从河面的列石上跳过来帮她去打捞，列石被水冲得七扭八弯，过了一次，没能跳过，女人说："过不来的，过不来的！"

女人越说过不来，五魁的秉性就犯了，他偏要证明能过来，后退几步猛地加力一个跃子跳过来。但他还是没能捞住那冲走的布带子，遗憾地在跺脚。

"算了，冲了就冲了，"女人说，"你住在三道巷，我几时去谢你。你和你哥哥分家了吗？"

五魁说："我一个人过的。我那地方脏得没你好坐的。"

女人说："那你就常来我家喝杯茶呀！你对柳家是有恩的人……我以后听到狗叫，会出来接你的。"

女人说完，拾掇了布条在篮子，扭身回去了。上大场的那斜坎，回头看五魁还站那里看着她走，半边乌发遮盖的脸上无声地闪一个笑。五魁记得了那个眼笑起来特别细，特别翘。女人似乎知道五魁还在看她，步子就不自然起来，手脚有些僵，却更有了一种味道。

　　再是五魁依旧过了河去对岸地畔捡粪，列石怎么也跳不过去，弄湿了鞋和裤管儿。

　　十天之后吧，做光棍的五魁又为寨子里一家人当驮夫接回来了一位新娘，照例是被朱砂水涂抹了花脸，还未洗去，请来坐了上席的柳掌柜对他说："五魁，你是我家的功臣哩，一直要说再酬谢你的，但事忙都搁下了。你要悦意，你来我家喂那些牛吧，吃了喝了，一年给你两担麦子。嘿嘿，权当柳家就把你养活了！"五魁毫无精神准备，一时愣了，心想柳家有八头牛，光垫圈、铡草、出粪就够累的了，虽说管吃管喝，可一年两担麦子，实质是一个长工，算什么"柳家把你养活了"？正欲说声"不去"，立即作想出长年住柳家，不就能日日见着柳家少奶奶了吗？且柳家突然提出要他去，也一定是少奶奶的主意。便趴下给柳掌柜磕一个头，说多谢掌柜了。

　　去柳家虽是个牛倌的分儿，但毕竟要做了柳家大院中的人，接亲的一帮村人就起了哄，这个过来摸摸五魁剃得青光的脑袋，那个也过来摸摸脑袋。五魁说："摸你娘的奶头吗？男人头，女人脚，只准看，不准摸！"

村人说："瞧五魁爬了高枝，说话气也粗了，摸摸你的头沾沾你的贵气呀！"

五魁说："我有脚气！"

村人说："五魁脚气是有，那是当驮夫跑得来，往后还能让柳家的人当驮夫吗？你几时让人给你当驮夫呀？"

五魁说："我那媳妇，怕还在丈人腿上转筋哩！"

村人说："你哄人了，现在听说有八个找你的，可惜身骨架大了些，要是脾气不犟又不抵人，那倒真是有干活的好力气！"

说的是柳家的八头牛了，五魁受奚落，气得一口唾沫就喷出来，众人乐得欢天喜地。

翌日中午，五魁果真夹了一卷铺盖来到柳家大院内的牛棚来住了，他穿上了油布缝制的长大围裙，牵了八头牛在太阳下用刷子刷牛毛。太阳很暖和，牛得了阳光也得了搔痒舒坦地卧在土窝里嗷叫，五魁也被太阳晒得身子发懒，靠了牛身坐下去，感觉到有小动物在衣服下跑动得酥酥，要脱衣捉虱子，柳少奶奶却看着他嗤嗤地笑。

女人来院中的晾绳上收取清晨照例洗过的布带儿，看见五魁和牛卧在一起，牛尾就一摇一摇赶走了趴在牛眼上的苍蝇，也赶了五魁身上的苍蝇，她觉得好笑就笑了。五魁立即站起来说："少奶奶好！"

女人说："中午来的？午饭在这儿吃过的吗？"

五魁说："吃过的。"

女人说："吃得饱？"

五魁说："饱。"

女人说："下苦人，饭好赖吃饱。"

五魁说："嗯。"

五魁回过话后，突然眼里酸酸的了，他长这么大，娘在世的时候对他说过这类话，除此就只有这女人了。他可以回说许多受了大感动的言语，可眼前的是柳家的少奶奶，他只得规矩着。"多谢少奶奶了！喂这几头牛活儿不重的，少奶奶有什么事，你只管吩咐是了。"

女人在阳光下，眼睛似乎睁不开，说："五魁你生分了，不像是背我那阵的五魁了！"

五魁想起接亲的一幕，咽了口唾沫，给女人苦笑了。

自此以后，五魁每日在大院第一个起床，先烧好了温水给八头牛拌料，便拿拌料棍一边笃笃笃地敲着牛槽沿儿，一边拿眼睛看着院里的一切。这差不多成了习惯。这时候柳家的大小才开始起床，上茅房去的，对镜梳理的，打洗脸水，抱被褥晾晒，开放了鸡窝的门公鸡扑扇着翅膀追撵一只黄帽疙瘩母鸡的，五魁就注意着少奶奶的行踪。少奶奶最多的是要提了布带儿去河里洗涤，或是抱着被单来晾晒。五魁看见了，有时能说上几句话，有时远远瞧着，只要这一个早上能见到女人，五魁一整天的情绪就很好，要对牛说许多莫名其妙的话，若是早上起来没能看到少奶奶，情绪就很烦躁，恍恍惚惚掉了魂似的。

到了冬天，西风头很硬，河的浅水处全结了冰，五魁就起得早，去河里挑了水，在为牛温水时温出许多，倒在柳家人洗澡的大木盆里，就瞅着少奶奶又要去洗布带子了，过去说河水太冷，木盆里有温水哩。少奶奶看了半天他，没有固执，便在盆里洗起来。五魁这阵是返回牛棚去吃烟，吃得蛮香。等到一遍洗完要换水了，五魁准时又提了一桶温水过来，女人说："五魁，这样太费水哩！"

五魁说："没啥，水用河盛着的。"

女人说："你要会歇哩。"

五魁说："我有力气，真有力气呢，那个碌碡我也能立起来的。"

女人说："五魁喂牛也会吹牛！"

五魁就走过去，将一个拴牛的平卧的碌碡双手搂了列一马步，一个嗨字就掀得立栽成功，女人尖声说："二杆子，可别闪了腰！"五魁偏还显能，再要去掀另一个碌碡，一扎马步，裤子的膝盖处嘣地裂开来，窘得五魁跑到牛棚半日没敢出来。

午饭后，柳家的人睡午觉，五魁穿了背夹，挽了破了膝盖的旧裤在牛棚出粪，正干得一头一脸的热汗，少奶奶趴在牛棚边的木杆上叫五魁，五魁忙不迭地就擦脸，女人说："你不要命了吗，一日干不完还有二日嘛。我收拾了少爷的一件旧裤子，他也是穿不成了，你就穿吧。可能你穿着长，我改短了一下，不知合适不合适，已放到你的床上了。"女人说完话要走，却又返回来说："这事我给老掌柜已说过了，你穿吧，别人不会说你偷的。"同时笑了一下，左眼还那么一挤转身又走，却不想一头牛在槽里吃草，一甩头，将草料和汤水甩了她一脸。五魁急扑过来拉牛头，女人擦着脸已走开了，五魁一腔激情无法泄出，抄了一根木棍就打牛，牛因为缰绳系在柱子上，受了打跑不脱就绕着柱子转，五魁还是撵着打，那柱子摇晃起来，尘土飞扬，吓得鸡叫狗也咬了。厅房里柳掌柜午休起来，提了裤带去茅房，看见了训道："这不是你家牛就不心疼吗？"五魁说："掌柜，这牛抵开战了！"棍子一丢，脚下顺势踢到牛棚角里。

五魁试穿了柳少爷的裤子，裤子当然是旧的，但对五魁来说却是再新不过的了，他惊奇的是少奶奶并没有量过他的身材，却改短之后正好合体。五魁先是穿了脱下，再穿了再脱了，不好意思走出牛棚去。当少奶奶见着他问他为啥不穿那裤子呢，他终是鼓了勇气来穿，一出门，双手不知哪里放，腿也发硬走了八字步，女人说："好，人是衣服马是鞍，五魁体面多了！"五魁就自然了。除了在院内忙活牛棚的事，又忙活院内杂事，他也穿了这裤子牵了牛出大院去碾子上碾米。掌柜无聊，也到碾子边来，在旁的人就羡慕五魁的裤子好，五魁说："托掌柜的福哩！"掌柜说："五魁是我们柳家人嘛！年终了，还要给五魁置一身新的哩！"回到大院，掌柜却说："五魁，这衣服虽是你家少爷穿过的，但只穿了一水，原本是四个银圆买的布料，就从二担麦子中扣除四升，让你拾个便宜，谁让五魁是柳家的人呢！"

这件事，五魁只字不给少奶奶说，凡是看见少奶奶在院中的太阳下做针线或在捶布石捶浆布，五魁就在牛棚脱了旧裤，穿上这件裤子走出来。他当然是牵了一头牛假装要给牛去院子里的土场上刷毛的，这样，他们互相有话可说，又有事干，五魁就不显得那样紧张和拘束。这时候，少奶奶常常取笑了五魁的一些很憨的行为后就自觉不自觉地看着五魁，五魁心里就猜摸，她一定是在为自己改做的裤子合适而得意吧。但是，女人那么看了一会儿，脸色就阴下来，眼里是很忧愁的神气了。五魁便又想：可怜的女人，是看见我穿了裤子便看见了少爷未残废前的样子吗？如今裤子穿在我的身上，跑出走进，而裤子的真正主人则永远没有穿裤子的需要了，她的心在流泪吗？五魁的情绪也就低落下来，他要走回牛棚脱了那裤子，却又不忍心在女人难受时自己走掉，他说："少奶奶，你还好？"

女人说："不好。"

五魁的话原来是一句安慰话，如果女人说一句"还好"，五魁心也就能安妥一分，但女人却说出个"不好"，五魁竟没词再说下去。

女人看着五魁，眼泪婆娑而下。

女人一落泪，五魁毫无任何经验来处理了，慌了手脚，口笨得如一木头，也勾下头去了。脚前是一只细小的蚂蚁在搬动什么，看清了，是一只死亡了的蚂蚁。这死去的蚂蚁是那只小蚂蚁的丈夫吗？妻子吗？一个弱小的躯体搬运与己同样大的尸体行动得够艰辛了，五魁猜想小蚂蚁的心灵一定更有比躯体大几倍十几倍的创伤吧，眼泪也吧嗒嗒掉下来。女人突然低声说："掌柜过来了！"双手举起来假装搓脸而擦了泪水，同时大声说："五魁，这头牛是几个牙口了？"却不待五魁反应过来，已站起身，迎着公公问今日中午吃什么饭，她要去伙房通知厨娘呀，掌柜才没走过来。而五魁在那里独自落泪。

这一夜又一次失眠了的五魁，细细地回想了与少奶奶的初识和每一次相见的情景，女人对自己的关心这是无疑的了。菩萨一样美好的女人，同时有一颗慈母般的心肠，这使五魁已浸淫于一种说不出也说不清的欢悦之中。中午女人当着面说了她的"不好"，当他的面流了眼泪，五魁感受了这女人待他是敞开了心扉，完全是把他当作了亲人或知己了。但是，五魁一个下人，一个柳家的牛倌，能为她做些什么呢？如果能换了腿去，五魁会决不吝啬地把自己的双腿给了少爷，而只要这女人幸福。但这怎么可能呢？

使五魁稍稍心安的是，女人虽没有幸福的小日子好过，可柳家毕竟是鸡公寨最富有的大家，做了少奶奶的女人在这个家里地位也不能说低微，一切下人，甚至村寨里的男女老少没有不恭敬的，她是不会像一般人家的媳妇去田地耕犁翻种，也不会上山割草砍柴，一日三顿吃的，虽不是山珍海味却也白米细面。这是鸡公寨多少女人所企羡不已的福分。正因为怀有这份心思，五魁在原先是同全村寨的人一起忌妒过和仇恨过柳家的富裕的，现在却希望柳家的日月不败。他作为一个长工式的牛倌，也不再学别人的样子消极怠工，当然盼望的是柳家牛马成群，五谷满仓，而这一切均为少奶奶所有，让掌柜，让掌柜婆，甚至包括那个无法再变成完整人形的柳少爷都快些蹬脚闭眼去吧！若到那时，少奶奶再招一个英俊的主人进门，他五魁就永世为她喂牛，甚至死后，也情愿变作一头牛就来到她家供她使唤。

所以，再当少奶奶和柳家的公婆在厅房里吃着有鸡鸭的干饭时，少奶奶总是在饭桌上说鸡没煮烂，公公要把鸡头、鸡爪倒给狗去吃时，她就主张让下人吃去，端出来，当着院中吃着苞谷糊汤的下人高声喊："来，来，我爹让把这些东西叫大伙尝尝！"却全部交给了他五魁，说："你不要嫌弃，总比你碗里的强。"他五魁明白女人的心意，就要当着她的面可口无比地咬嚼剩肉，讨得她喜欢，甚至说："你不要顾着我，只要你吃好，我喝凉水也会长膘的！"

能说出讨女人喜欢的话来，五魁对自己也惊奇了。女人就在一次他说过话伸手点了他的额头，很撒娇地嘬了嘴："你嘴还抹蜜哩！"

这撒娇使五魁去了许多怯，生了无数的胆，言语也渐轻狂起来，他希望这样的撒娇每日赐予他，但往后却再没有发生。

到了阳春三月，柳少爷能被人背了出来在院中晒太阳，看云中的鸟了。五魁很久很久没有见过少爷，猛地见了确实吓了一跳。少爷头发蓬乱，脸色寡白，浮肿如发酵面团，一条被子裹着整个身子在躺椅上，俨然一颗冬瓜模样。可躺椅前的小桌子上，少奶奶端放了茶水，水烟袋，又正砸着一碗核桃，砸一个仁儿交给他嚼吃。五魁就走过去，躬腰问候："少爷，你晒太阳了！"

少爷看见了五魁，五魁高高大大站在自己面前，嘴要启开说话，没有说，眼睛就闭上了。五魁不知怎么啦，走也不是，不走也不是。女人说："五魁你蹲下来砸核桃吧！"五魁一时明白让他蹲下来，一定是少爷不愿看见一个下人端端直直站在他的面前，就蹲了下来。少爷果然眼又睁开，却立即看见了五魁穿的是自己曾穿过的裤子，乜眼就看女人，鼻子里发出"嗯？！"女人立即说："这是爹让给的。"少爷却对五魁吼了一声："你滚！我是你的牛吗，我让你来喂我吃吗？！"女人咬了咬嘴唇看着五魁，五魁起身走了。他听见身后的少爷脾气更焦躁了，连声骂女人把核桃全砸碎了，随即砰的一声。五魁回过头来，少爷推翻了小桌，正将一把核桃打在女人的脸上。女人呜呜地哭起来，而从厅房走出的柳太太却在说："你哭什么呀，他是你男人，你不知道他心情不好吗？"五魁疾步回跑到牛棚里自己的卧屋，扑在床上，头埋被窝里无声地流泪了。

从那以后，五魁每天可以看见女人抱了少爷到院中的躺椅上晒太阳，除了那一颗硕大的脑袋，纤弱的女人犹如抱了一个孩子，然后服侍他吃喝。这个时间，院子里不能有人走过，甚至后来不能有牛羊猪狗走动，凡是看见除了父母和自己女人外任何有腿的东西都要引起他的烦躁，院子里以致后来只有碌碡、石头或蒲团。

不久掌柜放出风来，说自己儿子的伤彻底好了，又不久就购买了两个粗壮的丫鬟在少爷跟前伺候。五魁见到了女人，说："有了丫鬟你就轻省了。"女人却哇地哭出了声，说："你不要说，你不要说！"平生第一次对五魁发了脾气。五魁一脸灰色，只好回坐到牛棚发了半天的呆。

想不通女人是怎么啦，五魁一连好多日在纳闷着，夜里更睡不着，起身坐在牛槽边，听吃了夜草的老牛又把胃里的草料泛上牛嘴里反嚼，还是琢磨不出女人发脾气的原因，倏忽什么地方就有了幽幽的哭声。五魁凝神听了听，声音是从厅房左边的套间里发出的，似乎就是少奶奶在哭，便挪脚往那里走，隐身于鸡圈的后墙处，看见了少爷的卧房窗口还亮着灯，果然是少奶奶的哽咽声，同时听见了少爷在大声骂："你是我的老婆！你是我的老婆！"接着有很响的耳光，旋即窗纸上人影晃动。少奶奶的哽咽声起起伏伏断断续续，静夜里十分凄凉。天明，五魁起得早，在院子里第一个就碰见了女人，女人的脸上有几道血痕，眼肿得如烂桃一样。五魁不敢相问，想起那日的训斥，扭身要走，女人却说："五魁，五魁你也不理我了吗？"五魁吃了一惊，站住说："少奶奶你怎么啦，跌在哪儿吗？"女人说："打的。"五魁一脸苦楚，"昨夜我听见你哭了。"女人说："你是知道了？"

五魁并不知道他们为什么打架，只恨少爷的脾气古怪暴躁。可是一个晚上，又一个晚上，女人都是很晚很晚了在房中哭泣，哭泣中还夹杂了殴打声。终于在一个中午，五魁正在牛棚垫圈，远远看见女人又陪着少爷在晒太阳，少爷就反复要求着女人把头发梳好，还要抹上油，敷粉施胭脂，女人都依了，少爷就笑着问身边的两个丫鬟："少奶奶美不美？"丫鬟说："美。"少爷问："怎么个美？"丫鬟说："像画上走下来的。"少爷又问："你们见过谁家的媳妇比少奶奶还美？"丫鬟说："再没见过。"少爷就让女人前走几步，转过身来近走几步，嘿嘿地笑。女人始终没有笑，机械得像个木偶，忽见狗子从大门口走过来，说："它在门口，怎么进来了？我去拴好！"就走去了。少爷却说："抱我回去！"两个丫鬟抱着回去了，立即一个丫鬟在那里喊："少奶奶，少爷叫你了！"女人说："他要吃酒，你去给他倒呀！"丫鬟说："他不吃酒，他要干那个……事哩！"女人不言语，头也不回地还是走她的路。另一个丫鬟又跑过来喊："少奶奶，少爷发脾气了！"果然卧房里就有了少爷狼一样的嚎叫。女人依旧往大门口走。大门口却站住了刚刚从外进来的柳太太，竖了眼，说："你男人叫不动你吗？回房去，回去！"女人站住了，却抱住了那里的一棵树说："我不回去！"柳太太一个耳光打过来，叫道："你是反了吗，柳家娶你为了啥？你那个×是要留给外人吗？！"便哗啦着关了院门，喝令两个丫鬟把她拉回屋。两个丫鬟架了女人走，柳太太一边在后边骂，一边用手拧女人的屁股，到后，卧房里就传出凄厉的哭声。

五魁明白了女人在受着怎样的罪了。

于是，他不愿意再见到少奶奶，不忍心看见她而想到自己的过失所造就给她的不幸，也不忍心见了她而她看着他时的脸上的悲苦和难堪。五魁除了担水、运土和背驮草料，其余的时间就把自己困在牛棚里，或是架了铡刀，双脚站在分叉的铡刀架狠命地铡草。他想起了一首很古老的谜语："一个姑娘十七八，睡下腿分叉，小伙有劲只管压，老汉没劲压两下。"谜底说的是铡草，谜面的描写却是男女交合。遂想，少奶奶如果嫁的是一个老汉也还说得过去了，而少爷算什么呢？柳掌柜为儿子购置的两个粗笨丫鬟，就是抱了那一个肉疙瘩来发泄性欲吗？五魁不禁一个冷战，一身的鸡皮疙瘩都起来了。

夜里的哭声如幽灵一样压迫着五魁，白日丫鬟的每一次呼喊，"少奶奶，少爷叫你哩！"五魁更紧张得出一身汗，就跑进自己的睡屋拳击墙壁，墙壁泥皮便一片一片掉下来。一日，他把一大片泥皮击打下来，筋疲力尽地瘫坐在了地上，屋门哗啦地被推开了，几乎像倒柴捆一样，少奶奶披头散发地顺着门扇倒在地上，放开了声地哭。五魁惊叫着扑来把女人扶起，女人的头却压在他怀里哭声更大，眼泪鼻涕湿了他一胸口，五魁把女人抱住了，像远久出门的爹抱住了委屈的孩子。女人说："我受不了了，我实在受不了了，你把我带来的，你把我再带走吧！我去当尼姑，去要饭，我也不当柳家的少奶奶了！"

　　"少奶奶！"女人的一句话，使五魁惊恐了，他一个下人，又是在柳家的大院里，柳家的少奶奶却在自己的怀里，五魁触电般地挣脱了身，站起来，但五魁无言以对。

　　门在开着，门道里射进着白光光的太阳，女人瞧见五魁的呆傻样，越发号啕了。

"你不要哭，你一哭，他们知道你到我这里来了。"五魁紧张地说。

"你把我带走，你把我带走！"女人不哭了，却死眼看着他。

这不是说小儿话吗？五魁是什么人怎么敢带走一个少奶奶？怎么带？往哪儿带？带出去干啥？五魁看看女人，又看看院外，五魁急得也掉眼泪了。

女人却突然双手攥了拳，狠劲捶打自己的一双缠过的小巧玲珑的脚，她没有翅膀，也没有一双能跑动的脚，只好双手开始抓自己的脸，已经抓破了一道血印，五魁就握住了她的双手，说："你不能这样，你不能这样！"

女人往回抽手，"都怪我这张脸，我成丑八怪了，让他休了我去！"

五魁只是抓了她的手不放。

柳掌柜领着人横在门口了。五魁忙丢开女人，静立一边，听掌柜在骂道："柳家世世代代还没这个门风哩！捆起来，给我往死里打这贱货！"

女人立即被一条绳索捆了，五魁跪下说："掌柜，这不怪少奶奶，要打就打五魁！"

掌柜说："你瞎了心，也是我瞎了眼，原本我也要打死你这个穷鬼在这里，念你还对柳家出过力，你滚吧，滚，永远不要到我柳家来！我也告诉你，你要在外胡说少奶奶来你这里的事，我会拧了你的嘴到屁股眼去的！滚！"

五魁把自己的铺盖一卷，夹在胳膊下走出门，走出门了，回头看了一下女人，说："掌柜，那我走了，五魁最后求求你，你把少奶奶放开吧，你若不想杀了她，她还是柳家的人嘛！"掌柜一脚踢在他的屁股上，同时听到了噼里啪啦的鞋底扇打女人脸面的声音。

五魁回住到他的老屋，第三日就逮到风声，说柳家的少奶奶得了病，瘫痪了，整日安安静静地躺在床上。有人就说，柳家真是倒了霉了，少爷没了腿终日睡床，少奶奶有腿也在床上睡。有人也说，柳家爱收藏古玩，这少奶奶成了睡美人，如今可是柳家的一件会说话的赏玩品了吧。五魁知道少奶奶为什么就瘫了，这么一瘫，少爷就可以随时让两个丫鬟抱了他来享用女人了，不禁黑血翻涌。

到这个时候，五魁才是后悔，为什么女人求他带着出逃，他竟没有应允呢？这该是一种什么缘分，一个下人偏今生与这个女人有恁多的瓜葛；第一次没有听她的话过河逃亡，这一次还是没有听她的话逃出柳家，就眼睁睁地看着她一次次在苦难中沉下去，五魁仇恨起自己的孱弱和丑恶了！

夜里，他独自躺在床上，总听见有人在叫着"五魁"，叫得殷切，叫得怨恨，叫得凄惨不堪。五魁明白这是一种幻觉，幻觉却使他整夜不能安生。是的，完全变成了一个供人发泄性欲工具的女人那么睡在床上终日在想些什么呢？她清楚不过地知道大天白日在柳家大院内跑到五魁的卧屋痛哭是做少奶奶的危险，但还是跑去了，去了在他怀里放声大哭，她是忍无可忍了，她是勇敢的，是把五魁看作了一个男人，一个有能力保护她的人，可是可是，窝囊的五魁……五魁为着自己伤透了一个女人的心的罪过把头颅在炕沿上咚咚地撞起来了。

　　五魁再也在屋里坐不住，黑明不分地在村巷中走，看什么也不顺眼，见鸡撵鸡，逢狗打狗，旁人说一句，就张口叫骂，甚至大打出手。鸡公寨的人都认定他是疯了，叫苦着这地方脉气不对头了，尽出了些不可思议的人。也就在村人这么疑惑恐惧之时，一个晚上竟又是柳家的在村口大场上的三座高大饲料谷草堆着火了。火光十分大，冲天的烟火笼罩了鸡公寨，照得半边天都红了。柳家老少、男女用人哭喊着招呼村人去灭火，鸡公寨所有人皆忙如乱蚁，却有一个人在忙乱中溜进了柳家大院，直奔少爷的卧房。

　　推开屋门，少爷首先发现了，张口欲喊，来人一拳打过去，肉疙瘩窝在那里昏过去了。转身过来，女人仰躺在另一床上，窗棂透进的月光照着她美如冷玉，他扶着床沿给她笑着，眼泪却流下来。

　　"五魁，是你放火了？"女人聪明，女人说。

　　五魁点点头。

"你就为着来看看我吗？你真不要命了！"女人说，伸出手来摸上了五魁宽宽的额角和鼻梁，"你快回去吧，让他们发现你真会没了命的。"

五魁说："我是来要带你走的！"

女人说："迟了，都迟了，我成了这样子，我已经认作我是死了。五魁，我不能再害了你，你快走吧！"

五魁忽地挺直腰，说："我要带你走就要带你走！"双手将被的四角向一起裹，女人在被卷里，用力一拱，身子已钻在被卷下，双手趁势往后搂了顺门就走。

五魁将女人背到了很深很深的山林。

山高月小，他拐进一条沟慌不择路，直走到了两边的山梁越来越低，越来越窄，最后几乎合二为一在一座横亘的大岭峰下，已是第二日的中午了。感觉到鸟飞天外，鱼游海底，柳家是不会寻得着了，坐下来歇息，啃了块从家里出走时揣在怀里的玉米面饼子，两人皆觉得没有一丝力气可以再迈动一步了。这是什么地方？翻过这黑黝黝的岭峰之后那边又将是什么地方？女人询问着五魁，五魁也茫然无答。走到哪儿算哪儿，哪儿的黄土不养人呢？五魁放下了女人，要到看不见也闻不着的地方去解手，大出意外地发现了一座坍得几乎只有四堵墙的山神庙，墙头一株朽了半部靠一溜树皮还活着的老柏，庙后的涧上桥已断去，残留了涧沿一根腐木，卧一秃鹰呆如石头，偏很响地拉下了一股白色的稀粪。五魁一时四肢生力，跳蹦着过来如孩子："咱有住的了！"

女人眼睛也亮起来："在哪儿？"

五魁说："那边有个山神庙！既然有庙，必定先前住过了人，住过人就有活人处，咱们住在这儿不会死了！"

把女人背过来，钻过梢林和荒草，女人的身上、被子上、头发上沾满了一种小小的带刺的草果。五魁指着古庙在讲，屋顶虽然没有，砍些树木搭上去就是椽，苫上草编的小帘子就是瓦。瞧，从庙后的那条小路下去不是可以汲到涧中水吗？那一大片埋脚的荒草必是以前开垦过的地，再开垦了不是就种麦子收麦粒种玉米收棒子吗？满树林子里的鸟儿会来给你唱歌再不寂寞，一坡一坡的野花采来别在你的头上，蝴蝶能飞来看你的美。这草地多软，太阳出来背你睡在这里，你会看着云一疙瘩一疙瘩怎样变个小猫小狗从山这头飞过山那头，咱们再可养鸡养羊养牛，你躺着看我怎么吆喝犁地，若有黄羊山鸡来了，看我又怎样将它们打倒，熬了肉汤给你喝……

五魁说得很兴奋，在他的脑子里，一时间浮现了往后清静日子的图像，离开了柳家，他那殷勤女人的秉性就又来了，说："你不信呀？只管信着好了，我有力气的，我不会死去就绝不会让你死去，你信吗？"

女人说："我信你的，可我肚子饥了，你还有饼吗？"

五魁在怀里掏，掏出一块干饼末儿，把腰带解下来要再寻，饼是没有了，却掉下了一把小小的斧子。斧子是五魁准备着进柳家时作防身用的，一路安全无恙，他几乎就忘了还带了斧子来。

五魁虽然在安慰着女人，说了那么多似乎已是一处安谧日月的住处，可他在说这些的时候何尝不知道这一切只是日后的事呢？现在，他把她背驮到了一个荒野僻地，自由是自由了，却拿什么吃呢？晚上怎么个睡呢？假若是他一个人还罢了，而有少奶奶这样个女人，这个女人又是他英雄一场搭救出来的，能让她饿死冻死在山地吗？

女人看着发急了的五魁，她笑了，"我并不饿的，真的，不饿哩！"

五魁没有接她的话，不知怎么心里酸酸的，他有些羞愧，却不愿她看见他的难堪，将目光极力放远。他看到了白云伫在远处的山林上。五魁把斧子重新别在了腰带上，说："你好生坐着，我过会儿就来！"

他去了，他又回来了，带着好大一堆山桃。山桃个儿不大，颜色异常红嫩。五魁无法带得更多，是脱了外套的那件柳少爷穿旧的裤子，用藤条扎了裤管，桃就装在里边立了一个人字。五魁不识文墨，不知人字的好处，却看作如搭在驴背上的褡裢，架在脖子上回来了，他说："我是王母娘娘的毛驴给你送蟠桃来哩！"

有了吃的，五魁却不吃，他在女人很响的咬嚼声中去砍作椽的树木，选中了一种长得并不粗却端直无比的栲木，斧子在下面哐哐地砍，树顶上的稀疏的黄金之叶就落下来。叶子往下落如同蝴蝶，一旋一旋画着无数个半弧，女人就想起了小时在清水潭丢石片入水的情形，叫道："我要那叶子呢！"五魁抱了一堆叶子给她，她还要，叶子就把她埋起来，她睡在了一片灿烂的金霞上。

简直是不可思议的精力，五魁砍下了十多根栲树搭到墙头去，因为没绳，一切都是葛条在系，他手脚并用从墙头上、木椽上爬动，女人就在下面反复叮咛着小心，五魁偏不，竟要直了身来走，有几次腿一晃就掉下来，但身子掉下来了手却最后抓住了椽，女人大呼小叫，甚至变了脸唬他。五魁说："我是逗你哩！"然后是把树枝和茅草编成帘子，一层一层苫上去，一个安身的小巢屋就造成了。女人要五魁背她到屋里去看看，五魁说不急，又砍了无数细树棍来，先一排排地在屋地栽了一圈，再竖一层横一层把软树枝编上去，再铺了茅草和树叶，五魁把女人抱过来往上一丢，女人竟被弹得跳了几跳，惊喜地叫："这是睡了棕条床嘛！"

五魁得意地唱起来，唱的是一种很好听的小曲子，就眨了眼说："你是应该有这么个床的。小时候爹说过故事，讲古时代一个皇后流落民间，后县官查寻时，竟有三个女人自称是皇后，县官就在床上放一个豌豆，再铺了四十九条被子让每一个女人去睡，有谁感觉到身子垫着疼，谁就是皇后。"五魁也就捡一个石子放在茅草里边。

"我不是皇后！"女人笑着说。

"可你是少奶奶！"五魁说。

"我不是少奶奶！我不是！"女人坚决地说。

五魁愣了一下，立即也说："不是，不是柳家少奶奶！可你是菩萨！你能试出垫吗？"

女人说："我腿全瘫了，你放上刀子也试不来的。"

五魁的心受了刺激，低下的头好久没有抬上来，就走出去又狠劲砍了树枝抱回来，在屋之中间扎起了一界墙了。

女人说："五魁，你又要干什么？"

五魁说："那边是你的房间，这边该是我的卧屋了。"

女人的眉宇间骤然泛红了，意识到自己并不是五魁的老婆。五魁只是救自己的一个贫贱牛倌，一个光棍。在这荒天野地的世界里，五魁能自觉地将睡窝一分为二，女人为坦白憨诚的五魁而感动了。

红日坠山，乌鸦飞来，天很快就黑了。五魁安置了女人睡好，燃起了松油节，便坐于旁边说许多豪迈的话，叮嘱夜里放心安睡，狼来了有他哩，熊来了有他哩，有他持一把斧子守在同一屋中的界墙那边，狼和熊是不敢靠近的。女人担心不下的是他没有被褥，五魁说他不会冷的，他从小就钻过茅草堆睡，做的也是甜甜蜜蜜的梦来。并说他明日就再下山，要弄来被褥、锅碗、粮食。女人一双明亮的大眼看着跳跃不已的松节灯焰，又看着那松节灯焰的光亮在五魁的黑红脸上反射出的油光，她说了一句："你快歇去吧，五魁哥！"

五魁倏忽浑身骨节酥软了，瓷眼看着女人，女人也看着他，五魁的嘴唇翕动了，颤巍巍伸出双手，但手只把女人的被角掖了掖，忽地拨大了松节灯焰，再慢慢地压灭了，轻脚退出来到界墙的那边，躺在自己的草铺上了。

五魁并没有在自己的卧屋点燃松节，他感觉到黑暗里他的世界更大。人世间有一种叫诗的东西五魁不懂，五魁心里却涌动了一种情绪很兴奋，很受活。劳累了一夜一天的疲倦没有集中到他的眼皮上来，坐起来，实在觉得睡着是太浪费、太辜负这夜了。这一举动和想法于五魁是从未发生过的，他不明白今日是怎么啦，是完满了自己久久以来的内疚呢，是帮助了女人解除折磨，第一次体会到保护了女人的男人的能力呢？

墙那边的女人窸窸窣窣了一阵之后一切归于安静。可怜的女人经历了一夜一天的惊恐和劳累是需要安眠了，她醒着的时候，温柔和气，睡着了也和猫一样安闲，发出轻轻的呲儿呲儿的呼吸。作为一个爱恋着女人的光棍汉五魁，在这么个晚上同一个美艳女人睡一庙内，仅一草墙之隔能听到她的呼吸，闻到她的气息，五魁的感觉十分异样和新奇。他轻轻扭转了脖子，将头贴近了草墙，只要用刀轻轻拨动，从那间隙就可以看到椽头缝里透进月光的朦胧了的夜中的睡美人。这种欲望一经产生，五魁浑身燥热烫灼，恍恍惚惚竟站了起来，挪脚往门口走，要走进墙的那边去了。

但是，睡窝前的那一块白光忽地消失了，这白光是屋顶草隙所透射的，五魁初睡下时幻觉是一块白石头，也是走入的白月亮，现在消失了，而自己却正动步将身子处于了这白光之中，猛然获得的是一种警觉，以为受到了一种惩罚，被光罩住要照出他的心中邪念。五魁责备起自己了：这是要干什么去？去了墙的那边一下子按住了她吗，还是跪在床边乞求赐舍，那又说些什么话呢？

五魁认定了这白光实在是天意，是在监视他的一只夜之眼。去了那边，女人会如何看待他呢？强迫是完全可以如愿的，这女人就是自己的了，可英英雄雄地救她出柳家，原来是为了自己，这岂不如同土匪唐景？唐景他们抢人且公开说是为了个压寨夫人，而自己却打着救人家的名分，做乘人危难的流氓无赖了！即使女人悦意地收纳自己，在五魁做人的规矩中这又是一场什么事体呢？

五魁回身坐到了草铺，那一块白光又出现了。白光的出现使他心情平静下来，感觉到从一种罪恶的深渊重新上岸，为自己毕竟是一个坚忍的男人而庆幸了。随之而来的是坦白磊磊的荒诞之想，其兴奋自比刚才愈发强烈。试想想，自己一个什么角色，现在竟有一个美艳女人就在自己的保护下安睡入梦，这是所有男人都不曾有的福分，就是那个家有万贯的柳少爷他也没有的了。女人睡得那么安妥和放心，她的睡是建立在对自己绝对的依赖上的，那么，做男人的还有什么比这更有意义呢？一只蟋蟀不知什么时候跳到了白光之中，曜曜曜地振翅鸣叫了。这旷野的小生命，山林精光灵气的凝化物，又喝饱了甘露，在为他五魁颂什么样的赞歌吗？

五魁平身躺下，在蟋蟀的美音妙乐中迷迷糊糊坠入梦境。

不知什么时候，他突然醒来，觉得胸膛上奇痒，本能地拍了手，手心黏腻腻一股腥味，同时听到嗡嗡之声不绝。他明白深山林子里蚊子很多，入睡时或许蚊子还不曾知道这里有了人，也不知人血的滋味，在月到中夜才成团涌来的吧。五魁用唾沫涂着被叮咬的地方，立即想到墙的那边的女人也一定被蚊子欺负了，薄嫩的皮肉，所叮咬的地方恐怕不是一个红点而是大若小栗的疙瘩了。五魁终于走出睡窝，蹑手蹑脚到墙的那边用火镰打着火，燃一小堆湿茅草，让浓烟为女人驱赶蚊虫。这一切做得特别小心，黑暗中女人却说："五魁哥！"

声音低却清脆，当然不是梦话。五魁忙解释："我，我不是……我是来烟熏蚊子的……"

"我知道，"女人说，"我有被子盖了头，蚊子叮不到的。"

五魁说："你是早醒了？"

女人说："我一直没有睡得着哩！"

女人没有睡觉，这是五魁难以想象了，她睡不着在想些什么呢？那么，她是听见了墙那边自己曾经站起又睡下的声响了吗？五魁的脸在黑暗中又红了一下。

"你……睡吧。"五魁说着，赶紧就退了出来。

一切又都安静了，五魁却没有再睡下，也没有燃湿茅草取烟，还在琢磨女人没有睡着在想些什么。是不是也同自己一样的想法呢？念头一闪，就又责备起自己的不恭。不想了，不再想下去。可是，身闲的又无睡意了的五魁越是不让自己想女人，脑子里总是摆脱不了女人。今晚里她没有说他们就住在一个床上，也没有说出两人要分住两个地方，其实这女人已是把他当作最亲近的人了。现在蚊子这么多，那边燃了烟火，他这边偏不燃，就让蚊子都过来叮咬他吧。在一只蚊子又于他脸上叮咬得火辣辣痒痛时，五魁再不拍打，倒生出一种奇异的想法：这只蚊子或许是刚才在墙那边叮咬过了女人的，现在又叮咬了自己，两人虽然分住了两处，血却在蚊子的肚里融合一体了吧。再幻想：如果自己能变成个蚊子就好了，那就飞过去，落在她的脸上叮她，这叮当然不要她疼的，那该多好哩。或许，她能变个蚊子飞过来哩，那怎么叮怎么咬也都可以了，即使这叮咬会使他五魁中毒，发疟疾，他也是多么幸福的啊！

　　天亮起来，脸上布满了一层小红疙瘩的五魁来告诉女人，说他下山去，女人哭了。五魁安慰女人，保证很快就能回来，女人说："我哪里是为了我，我半死不活的人却要害你！"就从头上拔了头钗，从手腕卸了银镯，说是到山下什么地方换些吃的穿的，五魁这时倒哭了。女人便笑了，说："我不哭，你倒哭，男人家的羞死了！"五魁也就不哭了，把昨日采摘的山桃一颗颗擦净放在床上，出来用木棍拴了柴门，说："我走呀。"就走了。他一路小跑下山，却并没回到鸡公寨，抄近道去了苟子坪见女人的老爹。老爹正在家长吁短叹，因为柳家派人查看少奶奶是否被偷背回娘家了。听了五魁叙说，老爹倒生了气，说女儿嫁了柳家，嫁鸡就要随鸡，嫁狗就要随狗，何况柳家何等豪富，人一生有吃有喝还不是享福吗？五魁不等说完出了门就走，老爹还拉住问："你把她藏到哪儿了？"五魁说："这我不能说。"老爹说："你不说也罢，既然我女儿是个薄命享不了大福的人，我也没办法了，你就带些吃食去吧。"翻锅里瓮里却没什么可吃的，从炕洞的夹缝中抠出几个银圆给了五魁。五魁下午赶到一个镇上，将头钗、银镯兑换了银钱，买了一些粮食以及锅碗油盐，再就是一把镢头。

他们就这样在深山野沟住下来了，五魁每日于庙后开垦新地，播下种子，然后挖了竹根，采了山楂野果，拔了野菜蕨芽，回来做菜糊糊饭吃。三天四天了，砍一根木头或一捆竹子揹到山下的镇落去卖，再办置生计用品，日子一天比一天开始有了眉目。

女人肤色明显不如先前了，但精神挺好，每日五魁开垦地，就让背她出来，靠一棵树坐了，她不能帮五魁去劳动，却知道五魁喜欢她，喜欢来了就能解他的乏，她就不断地说许多话给他，还给他唱歌。她的手能动的，又懂得女人美在头上，就拿了新买来的梳子不停地梳各种各样的发型，让五魁瞧着好看不。五魁说："你怎么个梳都好看！"就折一朵花来让她插。女人偏要五魁给她插。五魁为难了，女人嘬了嘴生气，不理五魁，五魁的憨相就暴露了，不知所措。女人抬头，五魁只是蹴在那里看她，说："你生气了也好看哩！"女人还是嘬着嘴。五魁就说："你不高兴了，我给你翻个跟头你看吗？"就一连翻了五个跟头，女人倒忍不住扑扑哧哧笑了。

一日没风，暖暖和和的，五魁挖了一阵地，地头上的女人在叫他："五魁哥，你要歇着！"

五魁说："我不歇。"

女人说："我要你到这边来哩！"

五魁走过来，女人把头发解了，扑撒满头，又将衣领窝进去，露出长长的白细脖子，说："你给我分分头发畔儿。"五魁只好蹴在她身后分发畔。柔软光洁的头发揽在手里，五魁的心就跳起来，女人问："我头发好吗？"五魁说："好。"女人说："怎么个好？"五魁说不上来，拿眼睛看见了头发拢起了的后脖，甚至从脖的圆浑白腻的边沿看见了前边解了领口扣子的地方，那愈往下愈起伏的部位，在阳光下有细小的茸毛晕成了光的虚轮，能想见到再下去的东西会有怎样的弹性，散发着怎样的香芬。五魁禁不住浑身酥颤起来，越是要控制，越是酥颤得厉害，那手中的头发就将这酥颤传达到了另一个人的身上。女人问："你冷吗？"五魁说："不冷。"站起来，却一身的汗，说天气怪好的，坐在一边掏起了耳屎。

掏耳屎是五魁的一种发明，他往往在最骚动不安，或是害怕了女人瞧见了他裤子的某一部分出现异常而不致两人尴尬的时候，就要坐下来掏耳屎，将注意力转移到另一个地方去。

但是，女人却说："你笨手笨脚的，让我替你掏吧。"

他不肯过来，女人手一伸，牵了耳朵过来。掏了又掏，女人让他坐得更近，竟将他的头侧按在了自己怀里在掏了。头侧睡在女人怀里，五魁一切皆迷糊了，温馨馨的热气从女人身上涌入他的鼻中，看见了衣服内部有肉团在咕涌着，他很窘，却觉得到处的石头到处的树木都是人，都是用眼睛在瞧他，他的那只被掏着的耳朵就火炭一样的彤红起来。

"好了。"他架开了女人的手，把头抽出来了。

女人明白他的意思，不禁绯红了脸面，要说什么了，却没有说，假装看见了远处林子里飞动了一只五彩的山鸡，一口气轻轻呼出。

这呼出长气，五魁是看见和听见了，他觉得时间突然很长起来，想岔开来说些别的话，一张口却说起往昔接嫁的一幕，女人突兀兀冒了一句："唐景倒不是个坏人哩。"

"不像个土匪。"五魁说，真心也这么认为了。

"可他怎么就当了土匪呢？"女人还在说。

也就是打这以后，他们常常便说到了土匪，而差不多话题都是由女人首先提到的，五魁想，女人说到唐景的好话，或许是与那个柳少爷做对比的。是的，唐景土匪真是个人物，他闹得天摇地动的事业，官家也惹他不起，却偏偏是那么一个俊俏的脸面，抢得女人又被他五魁三言两语谎话所骗，放人或许也是可能的，没想竟动也未动女人一下就放了。他们虽然这么论说着唐景，土匪唐景毕竟是遥远之事，五魁就又想到，女人这么提说唐景，莫非日子是太寂寞了吗？尤其在他下山去购买东西或上山去砍柴捡菌子，留下一个走不动的她在草房里，她是没有个可说话解闷的人事了。因此，在又一次下山时，花了钱买来一只狗子。

狗子非常地漂亮，一条大尾巴弯过来，可以搭到头上，黄毛若金，却在眼睛上部生出两个圆圆的白毛斑。女人叫狗子为四眼。

四眼初来，性子很野，总是乱跑，五魁怕它逃散，拿绳拴在一块石头上，而它一听见山林起风就狂吠不已，竟要拖了石头扑腾。女人解了石头，拉到身边拿手抚摸那软软的耳朵和长长的毛，不住地唤"四眼，四眼"。四眼不再狂躁，只要女人锐声叫着它，即使它已经跟着五魁到了山林，也闪电一般返来摇尾了。五魁常常劳作回来，总看见狗卧在女人身边如一孩子，女人正给它说着话，似乎一切话皆能听懂，女人竟格格笑起来。五魁就说："四眼是咱的一口人了！"

女人说："四眼好通人性的，它不仅听得懂我的话，连心思都猜得出来哩！"就拍了狗子头，"去呀，你爹回来了，快给他个蒲团歇着。"四眼果然把一个草编蒲团叼给了五魁。

五魁说："我怎么是狗的爹？"

女人说："你不是说四眼是一口人吗？"

五魁说："那你该是四眼的什么呢？"

女人说："我做四眼娘！"

五魁说："可不敢胡说！"

女人一吐舌头，羞得不言语起来，眼睛却还看着五魁，五魁也就看着她。四眼站在两人之间，也举了头这边看看，那边也看看，末了却对五魁汪汪吼叫。女人说了一句："四眼向着我哩。"把狗子招过来抱在怀里，那金黄的狗尾就如围巾一样缠了女人一脖颈。

有了四眼，女人呼来唤去，像是有事干了，可她仍是一日不济一日地瘦削起来。五魁又想是饭食太差，虽然每次做饭，他总是要先给她捞些稠的，但她吃着的时候常说"这菜要炒一下就特别香了！"五魁就十分难受。女人在柳家的时候，她是从未吃过这种清汤寡水的饭食，五魁即使尽最大努力，自是与柳家不能论比，他不禁怀疑了这样下去能是什么结果呢？原本是救了女人出来让她享福，而反倒又在吃苦，尤其在他每每回来看见了她的泪眼，而一经看见他了又要对他笑，他就猜测女人一定是为往后的日月犯愁了。于是，就在女人时不时提到土匪唐景，五魁突然感到自己自认为英雄了一场救她出来，是不是又犯了大错呢？他倒希望在某一日那个唐景会蓦然出现，又一次发现了女人而把她抢走！土匪的名声是不好听，但自己一个驮夫出身、一个没钱财没声望没武功不能弄来一切的人，名声还真不如唐景。也正是有这一条原因，他五魁才自己说服了自己，压迫了自己的那方面欲望。而唐景呢，虽是个土匪，可是多英俊的男人，闹多大的事业，又有足够的吃的穿的戴的……

　　五魁的心里说：好吧，既然我对这女人好，那就再躲过一段时间，等山下柳家的寻找无望而风波平息，我就把女人背到白风寨去，我权当作了她的亲哥哥，哥哥把妹妹嫁给唐景。或许，唐景以为她仍是白虎星，不愿接娶，那就说明一切，甘愿受罚，要嫌她成了瘫子，他也会说服唐景的：她瘫了，她也是睡美人，世上哪儿还能找下这么美的人呢？且她菩萨般心肠，天下还能有第二个吗？

有了这种心思的五魁，却没有把心思说给女人，而是加紧劳作，接二连三捎了木头和竹子下山赶镇市，宁愿自己少吃少喝，为她弄来可口的食物，一面暗暗打听鸡公寨的动静以及白风寨的消息。他十分得意了，感觉里他现在是最磊磊坦白，无私心邪念，他所做的一切是伟大的，如给黑夜以月亮，如将一轮红日付给白天。他平生第一回出口叫女人是"妹妹"，无拘无束地为她分发畔。烧了水给她洗头洗脖还洗了脚，甚至下决心在他背她走下山去的时候，一定要把以前贱卖出去的头钗和银镯再给她买回来。

可女人还是一日不济一日地瘦削。她日渐疏离了五魁，不再叫他做这做那，只有和四眼在一起，她才说着、笑着，眼里不时闪现五魁背她逃来山上时喜悦的光芒。四眼偶尔离去，女人就呆望树林、天边，不言不动，活像是被四眼勾走了魂魄。看着女人痴痴呆呆的情景，五魁不禁想到自己买了狗子，是不是又一次害了女人？！

进入冬天，到处都驻了雪，五魁在房中生了柴火，自己就往山上去捕杀岩鸡。五魁没有枪也没有箭，但他摸清了岩鸡子的特性，仍可以赤手空拳弄到这种美味的东西。他翻过了一条沟，又爬一面坡，在一处树木稀少的地带，果然发现了就在一处低岩上站有十多只岩鸡。他就手脚并用爬至壑沟中间，捡了石头掷向左岩，大声叫喊，受惊的岩鸡扑啦啦向对面岩上飞，岩鸡是飞不高也飞不远的，落在了对面岩上。他就又掷石子向右岩，大声叫喊，岩鸡又飞向左岩。如此只会笨拙地向两边飞停的岩鸡，就在他永不休止的掷打叫喊中往复不已，终有三只四只累得气绝，飞动突然在空中停止，如石子一样垂直跌死在壑底。五魁捡了岩鸡，一路高唱着往回走，直走到山神庙后突然捂了口，他想冷不防地出现在女人面前，然后一下子从身后亮出肥乎乎的岩鸡，那时候，女人会吃惊不小，要问是怎么猎得这么多。再喜悦地看着五魁烧水烫毛，动刀剖鸡。

但是，当五魁走近了柴门从门缝中看了一眼时，他吃了一惊，似乎有个男人和女人睡在一个被窝里，忙揉眼再看，偎在女人黑发下那个毛氄氄的头是四眼，它居然像人一样闭目合睛熟睡在被窝里。

五魁从来没有这样不舒服，从来没有这样气愤，五魁心中女人是圣洁的菩萨，她比南海紫竹林的观音还纯净、美丽，对她五魁心中何曾没有冲动，几乎数次要干出越轨的事体。但他没有，他明白自己的身份，他不配，他更不敢引起帮她而最终是为了自己的内疚，可四眼这条狗子竟像一口人似的睡在女人身边，竟引得女人痴痴呆呆，颠颠倒倒……

久久直立在柴门前，五魁终于得出结论：一切罪恶源于狗子四眼！这狗子买下时就觉得与别的狗不同，偏偏在双眼上还有一对白毛斑。五魁认定了这狗子是精怪托变的鬼魂，它出奇地通人性，出奇地喜欢在女人身边，必是以妖法迷惑了女人，使她失去了灵性。

五魁想到这里举起双拳来揍自己了！狗子是自己买来的，自己又一次害了女人。他咬着牙起来，要回去立即用斧砍了恶狗。但走回草房了，五魁打消了念头，如果那么气势汹汹地当着女人的面杀了四眼，女人受得了吗？那么把狗子拉出来处死，女人问起来怎么回答，作为他这么一个哥哥又怎么起到保护她珍惜她的作用呢？

三天后，太阳把地上的雪差不多晒薄晒稀，世界再不是一片银白，而一块一块露出黑的土地和杂乱的草木。五魁说："妹妹，外边太阳好红的，我背你出去看看吧。"女人说："雪下得人心好憋。"五魁就背了女人，却也牵了四眼一块出来，一直走到了深得不可久看的沟涧边，把女人放在地上的一堆干草上。

五魁说："妹妹，这地方多好。"

涧上是早已搭好了的两根长竹。

女人说："这有什么好看的？"

五魁说："瞧涧那边的冰锥结得多大，我让四眼过去叼一根过来，对着太阳看，里边五颜六色的哩！"

就把一条长长的绳索系在四眼的脖子上，又将绳索的一头挽个环儿套在竹竿上，给四眼指点了涧那边的冰锥，撺它从竹竿上过去。四眼走到竹竿上，却不愿过去，五魁推，推不动，五魁让女人给它发话，女人说："四眼不要怕，能过去的！"四眼就走了上去，摇摇晃晃走到了中间，那绳索环儿也随着套到竹竿中间。五魁突然在这边将竹竿使劲一分开，四眼掉了下去，绳索一头勒着脑袋，一头套在竹竿上，四眼就吊在空中四蹄乱动了。

女人锐叫道："快，快，快把竹竿拉过来！"

五魁没有看女人，没有动。

四眼先是汪地叫了一声，一双红眼直向女人看着。

女人说："五魁哥，五魁哥，四眼会死去的！"

五魁说："这狗子不吉利的，它也是该死的了！"

女人啊了一声，沉默了。天地间一个特大特大的静，五魁感到自己呼吸也停止了，却同时听见女人阴沉地喊了一声说："五魁……"

五魁说："妹妹，你瞧那面坡，树枝结了冻，太阳一晒多像是玉做的，啊，妹妹。"

五魁口不应心地说着，始终没有回过头来。他不愿看见女人的神情，但却在心里说："原谅我这样做吧，我的好妹妹，我不能不这样做呀！你是少奶奶，你是我的妹妹，不，你是菩萨一样圣洁的女人，我怎么能害了你呢？"但是他听到了一声不大也不小的响声，以为是涧那边的冰锥断裂了，看着涧的那边。太阳依旧光明，冰锥依旧银洁。回过头来，却见女人正爬到了涧边，双手在抓自己的脸面，抓出了深深的血印。五魁惊叫着扑过来，就在要抓住还未抓住的时候，女人双手一撑，反过身掉向涧下去了。

一年后，山神庙改造的草房扩建成了有十多间木屋的小寨子，小寨子里聚集了一伙土匪。这股土匪队伍虽比不得白风寨的唐景庞大，但他们匪性暴戾，常常冲下山林去四方抢劫，而抢在寨子中来的压寨夫人已经有十一位。官府在县城的大街上和县境的所有村口寨路口贴满了悬赏缉拿的布告，但布告上的首匪不是唐景，而赫然写着两个字：五魁。

任何事情做久了，

神就上了身 *

* 本文系贾平凹在华中科技大学"春秋讲学"活动上的讲话。

文学被边缘化，但不会消亡

现在的文学被边缘化了。许多人都在怀念二十世纪八十年代，那个时候大家还很小，或许还没有出生。那个时候文学特别热，一部短篇小说可以全民阅读，一个作家可以在一夜爆红。现在回想起来，那个时候的文学有太多的新闻元素，现在媒体高度发达，新闻元素完全从文学中剥离了，文学就成了纯粹的文学。现在整个社会不热衷于文学可以说特别正常，文学毕竟是一小部分人敏感的活动，如果说人人都搞写作，都来空的也不行。

我们遇到的这个时代，应该是社会的大转型期，这个时代非常传奇，也非常诡异，没有什么事不可能发生。不知道大家有没有这个感觉，或许我的年龄大了，我经常在家里坐在窗前发呆，有时候看到外面的街道，看到一座座高楼、楼上的广告和门牌、路两边的草木，看到来来往往的人穿着各种颜色的衣服，我突然想到那些盲人是看不到这些的，而我却看到了，就感到非常新鲜和惊奇。平常没有这个感觉，突然间想到了。如果你是一个盲人，突然睁开眼睛看到这个世界就会感到特别新鲜和惊奇。我做饭的时候，到厨房把水龙头一拧水就流出来了，一按煤气灶上的开关火就燃烧了。我就经常想到我小时候怎样去泉眼挑水，当时我家离泉眼还有一段距离，下雨、下雪路特别泥泞、特别滑，挑半桶水回来特别不容易。那个时候家里没有煤，只有柴，把山上的树全部砍了，三十里以内没有树木，砍了之后还要背回家，所以我就感觉如今生活这么方便，就十分快乐。

但有时候看到我的孩子，看到邻居和一些朋友，他们整天都在说减肥，不吃或者少吃主食，只吃素菜、水果和各种营养品。人类生存离不开主食，如果要追求美，只吃蔬菜、水果和营养品，能健康吗？如果人都长得像一朵花，上帝造人还有什么意义呢？

这个时候我就想到了文学，当今的文学似乎也是这样。当今文学被边缘化，除了上面我谈的原因以外，文学本身也有了问题。现在的文学确实太精巧、太华丽，而中外文学史上的经典作品，有些现在看起来很简单，有些显得很粗糙，但它们里面有筋骨、有气势、有力量。文学最基本的东西是什么？就是写什么和怎么写的问题。"写什么"关乎胆识和趣味，"怎么写"关乎聪明和技巧，这两者都重要，而且是反复的，就像按水中的葫芦一样，按下这个，那个又上来，这阵子强调这个，过阵子又强调那个。在目前，我们强调怎么写，但更应该强调写什么。

文学被边缘化，但并不像有些人担心的文学就要消亡了，实际情况是爱好文学的人越来越多，各地都有不同层次的文学活动和规模大小不一的文学讲堂。为什么说它消亡不了，因为文学是人与生俱来的东西，是人的一种本能，就和人的各种欲望一样，比如你吃饭，上顿吃了下顿还想吃，昨天吃了今天还想吃，从来没有厌烦。至于从事文学创作的人，他能不能写出作品，能不能写出好的作品，那又是另外一回事。正由于文学是人与生俱来的，每个人都有潜质和本能，成功与否的区别只在于这种潜质和本能的大或小，以及后天的环境和他本身的修养。

我曾经到一个人家的院子里去，他的院子里有一堆翻修房子时拆下来的旧墙堆起来的土。下了一场雨之后，土上长出很多嫩芽子，一开始这些嫩芽子几乎是一模一样的，一样的颜色，一样都长两个小叶瓣。当这些嫩芽长到四指高的时候，就分辨出了哪些是菜芽子，哪些是草芽子，哪些才是树苗子。它们在刚刚破土而出的时候，每一个嫩芽都是雄心勃勃地要往上长，实际上最后只有树苗才能长高。当时看到这些土堆上的嫩芽子的时候，我心里就很悲哀，因为这些嫩芽长出来了，即便你是树的嫩苗，可这堆土的主人很快就要把它搬走了。所以说一棵树要长高长大，一方面取决于它的品种，一方面还要取决于生长的环境，文学也是这样。

我的文学青春岁月

记得四十年前，当时我二十多岁，在西安有一帮人是业余作者，都非常狂热，当时组成了一个文学团社，我给这个团社取名"群木文学社"，意思就是一棵树长起来特别不容易，因为容易长歪长不高，许多树木一起长的时候，虽然拥挤，但是在拥挤之中都会往上长，容易长得高、长得大。

现在陕西很多知名作家当时都是群木社的。那个时候我们条件特别差，但是热情特别高，也不梦想在各单位当科长、处长，大家都很年轻，也不急着谈恋爱，一心只是想着文学，一见面就是谈文学，要么就是写东西。那时候写东西就像小母鸡下蛋一样，焦躁不安，叫声连天，生下来还是一个小蛋，而且蛋皮上还带着血。从那时一路走过来，走到今天，回想起来有喜悦、有悲苦，写出来作品就像莲开放一样喜悦，遇到了挫败就特别悲苦，这种悲苦是说不出来的。

上帝造人并不想让人进步太快，当一个父亲从"123"开始学起，慢慢学到什么东西都会了的时候，这个父亲就去世了，他的儿子并不是从他父亲现有的知识基础上进步，而是又从"123"开始学起。人的一生确实太短，根本做不了多少事情，即便是像我这样的人，大学一毕业就从事文学工作，我也是一路摸着石头过河。稍稍懂得一点小说怎么写、散文怎么写的时候，我就老了，没有了以往的那种精力和激情。我记得年轻的时候整夜不睡觉，一篇散文基本上一个小时就可以写完，那时文思泉涌，现在老了，最多写上两个小时，写一下就看看厨房里有没有什么吃的，精力和激情大大消退了。

我在西安也带研究生，我给他们讲文学，一般不讲具体的东西，文学上的具体东西就没有办法讲，只能是大而化之，比如怎样扩大自己的思维，怎样坚持自己的思考，怎样建立自己对世界、对生命的看法，怎样改造建设自己的文学观。我觉得这些是根基，是需要整个儿来把握的。别的东西都可以自己在以后的写作过程中慢慢体会、慢慢积累。

讲文学如同讲禅宗，有些东西可以说出来，有些东西说不出来，一说出来就错了，就不是那个意思。就像人走路一样，人生下来慢慢自己就会走路了，但是如果你给他讲怎么走路，先迈出左腿的时候伸出来右胳膊，然后把左腿收回又收回右胳膊，再迈出右腿把左胳膊伸出去，这个人就不知道怎么走路了。所以很多东西是不能讲的。严格来讲，文学写作是最没有辅导性的。

我一直认为，文学其实就是一个作家给一部分人写的东西，一个人的写作不可能让大家都认可，就像吃饭一样，有人爱吃川菜，有人爱吃粤菜，在陕西吃的是那种面，到你们这里就要吃热干面。我自己平常是吃素的，我承认肉是好东西，但是我就是不吃，因为吃了以后不舒服。读书也是一样。我上初中一年级的时候"文化大革命"就开始了，学生都跑了，学校就空了。我中学的图书馆就是一个平房，里面开了一个小窗口，就是图书馆的借书口，那个口能钻进去一个人。我和另外两个同学钻进去偷书，进去之后房子很黑，堆了一地书，一人摸了一本出来，一本是《鲁迅杂文》，一本是《红楼梦》上册，还有一本是《矿山风雷》。

当时我就把这几本书拿回来读，那个时候年龄也不大，我读《红楼梦》就有感觉，能想象那些人的事情，说的那些话，好像多多少少我都能理解，但是我读《矿山风雷》就读不进去。我没有矿山方面的现实体验，但是我更没有类似大观园那样的生活经历呀。作家是各人的路数不一样，或者说品种不一样，这就像萝卜就是萝卜，白菜就是白菜。你给狗吃肉，它只给你看门；你给鸡吃菜叶子，它还给你下蛋，你不让它下，它还憋得慌。这就是品种不一样。

别人问我什么叫故乡。在我理解，故乡就是以父母的存在而存在的，父母在哪儿，哪儿就是故乡，父母不在了，就很少或永远不去那个地方了。那么作家呢？作家是以作品而活着。大多数作家都不是社会活动家和演说家，如果你太能活动，太能讲话——古语中说，"目妄者叶障之，口锐者天钝之"，意思是你如果目空一切，什么都看不惯，天就会用一片树叶子将你的眼睛挡住，让你变成一个瞎子；如果你伶牙俐齿，尖酸刻薄，上帝就让你变成一个哑巴。

文学是天赋，也需要方法论

今天让我来讲文学，我实在是作难。文学涉及的内容太多太多，有些问题我自己这辈子也搞不懂、搞不清。我常感叹，我拿了个碗到瀑布下面接水，瀑布下来的水量特别大，但是用碗接不了很多水的，最多接一碗水。我就讲一些我曾经困惑过，而在之后自己的写作过程中得到的一点体会吧。

每个人开始写作的时候都是先看了某一部作品，产生了自己写作的欲望，不知道大家是不是这样，起码我是这样。开始搞写作完全是爱好和兴趣，只是写作时间长了，写到一定程度以后你才会产生责任感、使命感，你才会发现文学的坐标其实一直都在那里。你才明白它并不容易。这就和男女谈恋爱、结婚、过日子一样，开头完全是一种爱好，后面就要承担很多责任。

我们学习中外名著或者是我们敬仰的大作家，为什么？文学是起起伏伏的历史。一种观念、一种写法兴起，从兴起走向没落，这时候必然就有人出来，有了新的观念、新的写法，这些人就是大师，就是大作家，就是开宗立派者。我们要研究的是这些人想了什么，这些人做了什么，怎么就有了这些想法，怎么就有了这些做法。中外很多大作家值得具体研究，读作品、评论、专著，我们总能摸清很多作家的路数和写作规律，可以借鉴和学习很多东西。当然这个世界上也有很多作家你是没有办法学习的，你根本学不了，有的你就没有办法掌握他的写作规律。或许这是一种天意，上天在每个时期都会派一些人下来指导人类，如同盖房子一样，必须要有几根柱子几根梁。

我们不可能是柱是梁，但我们要思索柱和梁的事，起码要有这种想法。我们的思维被小时候受到的教育和环境限制得太多，所以一定要扩展思维，要明白文学是什么，作为个人来讲，你要的是什么，你能要到什么。

我记得我在年轻的时候搞创作，自己常常也很疑惑，一方面特别狂热，什么也不管，一天坐在那里看书或者是写东西，但另一方面总害怕自己最后不成功。那个时候成功的标准就是发表作品，或者是写出好作品别人能认可。能写出自己满意的作品就叫成功，如果写到最后，写了十几年、二十多年，最后一事无成，那我还不如早早去炸油条，去街道上摆一个地摊。

当时很矛盾，请教过很多专家，也请教过很多编辑，但没有一个人知道你能写下去或者是写不下去，也没有人敢说你能不能成功。后来自己写的时间长了，别的功能消退了，也干不成别的事了，只能一条路这么走了。再后来自己有了想法和体会，就是一个人能不能把事情搞成，每个人会有一种感觉，这种感觉就像吃饭一样，你到一个朋友家去做客，人家给你盛了一大碗饭，你马上就能感觉到自己能不能把它吃完，如果吃不完就盛出一点。只有那些傻子本来只能吃半碗，一下子端起一大碗开始吃，最后给人家剩了一大半。文学创作上的感觉也是这样。

读经典名著是学习创作的好方法

学习经典名著，学习大作家，我的体会主要是研究人家的思维，研究人家的观念，然后思考你对这个世界是什么看法，你对这个社会是什么看法，你对生命是怎么体会的，在这个基础上你才能建立起自己的文学观。没有自己的文学观，人云亦云，随波逐流，你的写作必然没有灵魂，必然没有自己的色彩，也没有自己的声音。能有自己的文学观，其实也是一种个人能量的表现。文学最后比的是人的能量。

就拿题材来讲，我为什么要写这部小说，为什么要写这篇散文，为什么对这个题材和内容感兴趣呢？你选择题材就是你的兴趣和能量的一种表现。一个作家能量小的时候就得去找题材，看哪些题材好，适合你写；一个作家能量大了之后，题材就会来找你。

我在三十多岁的时候有一种苦恼，有时候写着写着就觉得没有什么可写的，不知道接下来要写什么东西，为此和许多朋友有过交流。我和文学圈的朋友交流不是很多，我在美术界的朋友特别多，我的文学观念很多是从美术中过来的，有很多现代观念和传统观念都是从西方美术史和中国美术史方面吸收借鉴的。我问他们，他们也经常遇到不知道该画什么、没有什么可画的问题。不知道要画什么，但是还要每天到画室去画画，所谓常画常不新。我后来明白这种状况就叫没感觉，一旦没感觉就歇下来等着灵感来。

创作灵感确实是一种很神秘的东西，它不来就不来，它要来的话，你坐在那儿等着它就来了。我经常有这种体会，就像收藏一样，我自己爱好收藏，我家里摆满了很多乱七八糟的东西，常常是今天收藏了一个图形的罐子，过上三个月、五个月，差不多另一个类似图案的罐子自然就来了，又收藏到了。

在选材的时候，不要听到、看到或者经历到一个什么故事，把你一时的兴趣勾起来了就去写，起码出现这种情况的时候，一定要琢磨这个故事有没有意义，表达的是你个人的意识还是集体的意识，这一点非常重要。选材之前首先要看你的故事里传达的是个人的意识还是集体的意识，即便是集体的意识，在集体意识里面你个人的独特性又是怎么样的，一定要把这两点搞得特别清晰。

比如一车人去旅游，司机在前面开，到了九十点钟，你说司机把车停一下，我们去吃饭吧，我估计满车的人都不同意停车去吃饭，因为大家那个时候肚子都不饿。等到十二点的时候，大家肚子都饿了，你说师傅把车停下来去吃饭吧，全车人都会响应和支持你。你表达的虽然是个人的东西，但你表达的是集体意识，表达集体意识的时候，你把个人意识写得越独特越精彩越好。

你写一个人的故事的时候，这个人的命运发展与社会发展在某一点交叉，个人的命运和社会、时代的命运在某一点契合产生交集了，你把这一点写出来，那么你写的虽然是个人的故事，但你也就写出了社会、时代的故事，这个故事就是一个伟大的故事。这就像一朵花，这朵花是你种的，种在你家门口或者是你家外面的路口，可以说这朵花是属于你个人的，是你家的，但是它又超乎了你个人，因为你闻到这朵花的芳香的时候，每一个路过的人也都闻到了这朵花的芳香。

文学书写的是记忆的生活

痛感在选材的过程中是特别重要的，而在选材中能选择出这种具有痛感的题材，就需要你十分关注你所处的社会，了解它，深究它。

中国社会特别复杂，很多问题不一定能看得清楚，好多事情你要往大里看，好多事情又要往小里看。把国际上的事情当你们村的事情来看，把国家的事情当作你家的事情来看，要始终建立你和这个社会的新鲜感，保持对这个社会的敏感度，这样才会对整个社会发展的趋势有一定的把握。能把握住这个社会发展的趋势，你的作品就有了一定的前瞻性，你的作品中就有张力，作品与现实社会就有一种紧张感，这样的作品不会差到哪里去。

　　这种自觉意识一旦成了一种习惯，必然就能找到你所需要的题材，而你所需要的题材也必然会向你涌来。我们常常对一些人或事说"神奇"，其实做任何事情做久了，神就上了身。

　　拿我的一个小学同学来讲，他后来成了我们村的阴阳先生，婚嫁、丧葬、盖房全是他来看穴位和日期，凡是按他看的穴位和日期办事的，事情都很平顺，凡是不按他看的穴位和日期来办的时候都出事了。大家都说这个人是一个神人，但是我了解他，他的文化水平并不高，对《易经》也不是很精通，为什么他那么内行，就是这项工作干久了，神气就附了体。写作也常有这种现象，如果你变成一个磁铁，钉子、螺丝帽、铁丝棍儿都往你身边来。当然，对磁铁来说，木头、石头、土块就没有吸引力。

从某种角度上来讲，文学是记忆的，而生活是关系的，文学在叙述它的记忆的时候表达的又是生活，就是记忆的生活，写生活也就是写关系，写人和自然的关系，写人和物的关系，写人和人的关系。有一位哲人讲过这样一句话：生活的艺术没有记忆的位置。如果把生活作为艺术来看，它里边没有记忆，因为记忆是有区别的。

文学本身是记忆的东西，你表现的完全是你记忆中的生活，而生活又是关系的。想清楚这两者之间的微妙处就会明白该写哪些东西，又如何写好那些东西。同时，文学也要写出生活中的关系。现在到处都在强调深入生活，深入生活也就是深入了解关系，而任何关系都一样，你要把关系表现得完整、形象、生动，就需要呈现细节，没有细节一切就等于零，而细节在于自己对现实生活的观察。

比如说，生死离别、喜怒哀乐构成了人的全部存在形式，人对其都是以应该如此或者不应该如此、接纳或者不接纳、抗拒或者不抗拒等来下结论。实际上从上天造人的角度来看，这些东西都是正常的。但人不是造物主，人的生死离别、喜怒哀乐就表现得特别复杂，这个人表现的和那个人表现的是不一样的。细节的观察就在这种你和我不一样、我和他不一样的复杂性中，既要有造物主的眼光，又要有芸芸众生的眼光，你才能观察到每个人的独特性。

表面上看，人和人之间的独特性是人和人的区别，实际上是共有的存在，只是表现的方面、时机、空间不一样罢了。

小说的语言和技术

写什么是关于胆识、观念、见解、趣味的问题，怎么写则关乎智慧、聪明、技术、技巧，而无论什么题材，最终都要落实到文字上，它的秘诀都在于技术。

就拿语言来讲，我自己体会语言首先是与身体有关系的。为什么？一个人的呼吸如何，他的语言就如何。你是怎么呼吸的，你就会说什么样的话。如果你是气管炎，你说话肯定是短句子。不要强行改变自己的正常呼吸而随意改变句子的长短。

如果你强迫自己改变呼吸，看到外国小说里面有短句子，一两个字或者四五个字就是一句，不管当时的处境和你写的内容以及具体情况，你就盲目地模仿，让自己气憋得慌，别人读着也憋得慌。

我自己平常也搞书法，看别人写字，每当看到有人把字缩成一团儿，我就猜想他肯定有心脏病，一问，果然是心脏有毛病。遇到一些老年人，身体不好的，他们要练字，我常常建议去练《石门铭》，那个是汉隶，笔画特别舒展，写那个对血管绝对好。

小说是啥，我理解小说就是说话，但说话里面有官腔、骂腔、笑腔、哭腔，有各种腔调，而小说就是正常跟人说话的腔调。你给读者说一件事情，首先把你的事情说清楚、说准确，然后想办法说有趣，这就是好的语言。语言应该用很简单、很明白、很准确、很有趣味的话表达出特定时空里那个人、那件事、那个物的情绪。这种情绪要表达出来，就要掌握抑扬顿挫。

怎么把话说得有趣呢？就是巧说，其中有一点就是会说闲话。闲话和你讲的事情不一定准确，有时甚至是模糊的，但必须在对方明白你意思的前提下进行，就像敲钟一样，"咣"地敲一下，发的是"咣"的声音，接着是发出"嗡"的声音。文学感觉越强的人，越会说闲话，文学史上有好多作家是文体家，凡是文体家的作家，都是会说闲话的作家。

有人批评谁谁是学生腔，学生腔就是成语连篇，用一些辞藻华丽、毫无弹性的东西。因为成语是在众多的现象里面概括出来的，就像舞台上的程式一样，成语也就是程式，会写文章的人就要想办法还原成语。会还原成语，善于还原成语，文章肯定就生动有趣。大家肯定也有这种体会，如果没有这种体会的话可以去试一下，肯定会乐趣无穷。可以还原一些成语或者是古语，写作就特别有意思。

语言除了与身体和生命有关之外，还与道德、情怀、品质、个人品行有关系。一个人的社会身份是由生命特质和后天修养完成的，这如同器物，不同器物就会发出不同的声音。敲钟是钟的声音，敲碗是碗的声音，敲桌子是桌子的声音。

之所以有的作品语言杂乱，就是它还没有成器，没有形成自己的风格。而有些作品有自己的风格了，但里面都是些戏谑、调侃的东西，把作品一看就知道这作家不是一个很正经的人，身上有邪气。有的作品语言很华丽，但里面没有骨头，境界逼仄，那都是有些小聪明、比较机巧甚至轻佻的人写的。有些作品写得很干瘪，一看作者就是一个没有嗜好的人。现实生活也是这样。有些人是特别好的人，但是特别枯燥，有些人很有趣，但是老沾你的光，你宁愿让他沾光还愿意和他待在一起。

一个女孩子跟我讲过，有人给她介绍一个男的，各方面的条件特别好，学历也好，但就是生活没有趣味，最后她宁愿找一个穷光蛋，有趣味的。从语言中能看出作家是宽厚的还是刻薄的，能看出他是一个君子还是一个小人，能看出他是富贵的还是贫穷的，甚至能看出他的长相是什么样子的。

世界杯足球赛的时候，我在报上读过一篇评球的文章，里面有一句话，说：球都踢成那个样了，还娶了那么漂亮的老婆。当时我看了之后笑了半天。直播世界杯的时候经常把台上球星们的老婆照出来，球星的老婆都长得很漂亮。当时看到这句话，我说你好好评你的球看你的球，管人家的老婆干什么。这句话正好暴露他的心态，他在嫉妒。

小说的呼吸和节奏

我看过一个小说，是几十年前看的，我当时从农村出来不长时间，身上都是农民的那种东西。那个小说开头第一句是说：女人最大的不幸是穿了一件不合体的裙子。我是一个男人，不了解女人，但是一个女人今天出门穿了一件不合体的裙子就是她人生最大的不幸，我觉得不至于那样。或许人家过的是贵族生活，是基层的农民的儿子理解不了的，这种文章肯定不是给我读的，所以我看到这句话之后就没有再看了，这不是给我写的。

节奏就是气息，气息也就是呼吸，语言上要讲节奏，而且对于整部作品，更要讲究节奏。什么是好的身体？呼吸均匀就是好身体。有病的人呼吸就乱了，不是长就是短。呼吸对于生命太重要了，哪个生命没有呼吸就完蛋了。世界上任何东西都在呼吸，人在呼吸，动物在呼吸，草木在呼吸，房子在呼吸，桌子也在呼吸。人每天在不停地呼吸，但人常常就遗忘了呼吸的存在。

这世界上有个奇怪的现象，凡是太好的东西总是被忽略、被遗忘。对你太重要了，你反而感觉不到它的重要，母爱也是。母亲对儿女是最爱的，但是做儿女的，尤其在年轻的时候总觉得母亲啰唆烦人。

世界上凡是活的东西，包括人，包括物，身体都是柔软的，一旦死亡了就是僵硬的。你的作品要活，一定要在文字的字与字之间、段与段之间、句与句之间充满那种小孔隙，有了小孔隙它就会跳动，就会散发出气息和味道。

如何把握整部作品的气息，这当然决定了你对整部作品的构想丰富度如何。构思差不多完成了，酝酿得也特别饱满，这时你稳住你的劲，慢慢写，越慢越好，就像呼气一样，悠悠地出来。二胡大师拉二胡，弓弦拉得特别慢，感觉像有千斤重一样拉不过来。打太极也是一样的，缓而沉才有力量。写作的节奏一定要把握好，一定要柔，一定要慢。当然这种慢不是说故意慢，而是把气憋着慢慢地放出去，但是也必须保证你肚子里有气，肚子里没气也没有办法。

在你保持节奏的过程中，你要"耐烦"。写作经常让人不耐烦。为什么有的作品开头写得很好，写到中间就乱了，写到最后就跑开了，这是节奏不好。节奏不好也是功力问题。世上许多事情都是看你能不能耐住烦，耐住烦了你就成功了。

为什么评论家不写小说

有人问过我小说和散文有什么区别，我说我说不清。但我想到中国传统的戏曲，戏中有生旦净丑，有念有打有对白，生角和旦角经常有一些大段的唱词，如果把整部戏比作小说，唱段就是散文。戏里的唱段都是心理活动，是抒情。中国小说重叙述，按常规来讲，叙述就是情节，描写就是刻画。叙述要求有话则长无话则短，要交代故事的来龙去脉，要起承转合，别人不清楚的东西多写写，别人清楚的东西少写写，这是我搞创作的时候对叙述的理解。

有些作品完全是叙述，从头到尾都在交代，就像人走路一样，老在走，老不站住，这不行。你走一走，站一站，看看风景，不看风景也可以去上个厕所，就像黄河长江一样，在每一个拐弯处都有湖泊，有沼泽，涨水的时候可以把多余的水放到这里，平常可以调节气候，作品也需要这样。

有些作品在交代事情过程中用描写的方法，有肉无骨，拖泥带水，本来三步两步就过来了，他半天走不过来，看的人累，他写得也累。中国人大多习惯用说书人的叙述方法，也就是所谓的第三人称，但小说发展到现在，要求你写的小说必须在叙述上有突破。叙述有无限的可能性，叙述原本是一种形式，而形式的改变就改变了内容。

像我刚才说的，叙述是情节，是对一个场景到另一个场景的过程的交代，应该是线性的。但现在的小说变了，叙述可以尽力渲染，是色块的，把情景和人物以及环境往极端写，连语言也极端，语言一极端就变形了，就荒诞了。这样一来，叙述就成为小说的一切，至少可以说在小说里占有极重要的部分。现在似乎没有什么描写了，描写都放到叙述中完成了。过去在描写一个场景的时候，经常是很诗意的，现在完全变成了工笔，工笔就是很实际很客观地把它勾勒出来。本来的情节混沌了，不像原来有一个清晰的线条式的结构，原来诗意的描写变成了勾勒。

现在的小说叙述多采取火的那种效果，火热烈、炙烤，不管是人还是兽，看到火都往后退，能引起强烈的刺激，在刺激中产生一种快感。但是一切变形、夸张、荒诞的东西，都是以写实为基础的，就像你跳得再高，脚要蹬到地上才能跳得高，你蹬得越厉害，跳得可能越高。不掌握写实的功力，那些高蹈的虚幻的东西落不下来就成了虚假，或者是读时很痛快，读完就什么都没有了。

中国传统的那种线性的白描，有水的效果，表面上不十分刺激，但是耐读，有长久的韵味。不好的地方是结构拉得太长，冲击力和爆发力不强，不适宜更多人阅读，只适宜一部分人慢慢嚼它的味道，大部分人读起来可能不痛快。把这两个方面很好地结合，就是我们要不断探索和不断实验的。总之，不管怎样，目前写小说一定要在叙述上有讲究。

有些道理我也说不清，说一说我就糊涂了。有些东西只能是自己突然想到，突然悟到。世上很多东西都是模模糊糊的，尤其是创作，什么都想明白了就搞不成创作了。为什么理论家不搞创作，因为他知道得太多，他都明白，就写不成。男人和女人社会阅历长了之后就不想结婚了，道理也是这样，或者是男的女的同居时间长了之后也不想结婚，结婚的都是糊里糊涂的。

中国文学必须有现代意识

我说得特别琐碎，又都是写作中的问题，不搞写作的可能听着觉得毫无意思。但我再强调三点：一是作品要有现代性，二是作品要有传统性，三是作品要有民间性。

现在的写作如果没有现代性就不要写了，如果你的意识太落后，文学观太落后，写出来的作品肯定不行。而传统中的东西你要熟悉，你即便欣赏西方的认识论，你更得了解中国的审美方式，因为你是东方人，是中国人，你写的是东方的、中国的作品。从民间学习，是进一步丰富传统，为现代的东西做基础做推动。

关于这三个问题，讲起来又是另一堂课的内容了。但我把这三个问题综合起来只说一点，就是我们可能欣赏西方的一些东西，但我们要关注中国。不管是西方的普世价值观还是西方文学的境界和写法，我们都习惯把这些东西归纳为现代意识。

什么是现代意识？现代意识就是人的意识，这个地球上大多数人这个时候都在想什么、都在干什么、都在追求什么，随着这种潮流走就是现代意识。

我在九十年代写过一篇文章，其中谈了一个观点，就是云层上面都是阳光。意思是，任何民族、区域的宗教、哲学、美学在最高境界是相同的，最高层的东西都是一回事，只是这个国家在这片云朵下，那个国家在那片云朵下，你那里太阳能照着，这里老是下雨。既然把我生在这一朵云之下，我就用不着跑到那一朵云之下写作，我就写我这朵云彩怎么下雨。在我写这朵云彩下雨状况的时候，我脑子里一定要想到云层上面是一片阳光，阳光是相同的，一定要有这个意识，你才能知道，有这种意识以后，你写云层下面下雨的情况的时候就和原来没有这种意识表现得不一样。

你一定要想到云朵上面都是阳光，阳光是同样的，只有云朵是各式各样的，在这一朵云下，写这一朵云下的状况，不必要跑到另一朵云下去写那一朵云下的状况。你就在你的云朵下，这个云朵下雨下雪，你就写下雨下雪，你的意识通过云上面看到云上面的阳光，这样你的云和你的雨、雪就不一样了，自有它的色彩和生命，这就是写我们的故事，而我们写出的故事又有现代性，其中的关系就是这样。

最后，我用一位哲人的话结束吧。这位哲人是这样说的："当你把自己交给神的时候，不要给神说你的风暴有多大，你应该给风暴说你的神有多大。"

贾平凹小传

姓贾，名平凹，无字无号；娘呼"平娃"，理想于顺通；我写"平凹"，正视于崎岖。一字之改，音同形异，两代人心境可见也。

生于一九五三年二月二十一日。孕胎期娘并未梦星月入怀，生产时亦没有祥云罩屋。幼年外祖母从不讲甚神话，少年更不得家庭艺术熏陶。祖宗三代平民百姓，我辈哪能显发达贵？

原籍陕西丹凤，实为深谷野洼；五谷都长而不丰，山高水长却清秀，离家十年，季季归里；因无"衣锦还乡"之欲，便没"无颜见江东父老"之愧。

先读书，后务农，又读书，再弄文学；苦于心实，不能仕途，拙于言辞，难会经济；捉笔涂墨，纯属滥竽充数。

若问出版的那几本小书，皆是速朽玩意儿，哪敢在此列出名目呢？

如此而已。